魅力 西班牙語入門

- 總策劃 許小明
- 主 編 翁建淼
- 錄 音 白士清
- 校 訂 李靜枝

最適合初學者的西語教材

- ■ 西語發音規則
- ■ 語法講解
- ■ 常用單字
- ■ 日常用語補充
- ■ 生活會話
- ■ 課後練習
- ■ 課後小知識
- ■ 總詞彙表

附MP3

智寬文化事業有限公司

前言 PRÓLOGO

西班牙語是世界上第三大語言，僅次於漢語和英語，是聯合國的工作語言之一。世界上有二十多個國家將西班牙語作為官方語言：西班牙、玻利維亞、智利、哥倫比亞、哥斯大黎加、古巴、多明尼加共和國、厄瓜多爾、薩爾瓦多、赤道幾內亞、瓜地馬拉、宏都拉斯、墨西哥、尼加拉瓜、巴拿馬、巴拉圭、秘魯、烏拉圭和委內瑞拉等。在美國等國家，講西班牙語的人口呈廣泛的分佈。全世界現約有四億人口說西班牙語。

由於和世界上的西語國家日益廣泛的接觸，西班牙語日益受到重視，越來越多的人到西語國家旅遊、探親、遊學，西語國家的文化也吸引了越來越多的人。因此西班牙語的入門教材對很多人來說，是必要的，也是及時的。

現在在台灣關於西班牙語的考試並不是很多，主要分為兩種。第一種是財團法人語言訓練測驗中心（LTTC）主辦的外語能力測驗（Foreign Language Proficiency Test）。第二種是 DELE 考試（DELE：Diplomas de Español Como Lengua Extranjera），此西班牙語能力測試，性質相當於托福考試。如果通過可以獲得相關證書，證明證書持有者的西班牙語言能力水準，並且被西班牙教育部、文化部、體育部正式承認，並獲得國際上的認可。

本書課文部分，為適應生活所需，設定了一定的與西班牙語相關的生活場景，搭配語法的講解和練習，為的是讓本書的使用者在日常應用的同時掌握西班牙語的入門知識與社會交際打下基礎。

編者

目錄 Índice

發音

Pronunciación

 ## 西班牙語語音的特點

　　西班牙語的使用十分廣泛，遍佈亞歐非美四大洲，尤其在拉丁美洲。全球約有 4 億人口說西班牙語，且這個數字仍在不斷增加之中。然而由於地域差異和歷史發展的原因，各地的西班牙語之間免不了出現各種方言口音。為便於教學，也便於學生的理解接受，本書以西班牙中北部莎拉曼卡地區的口音為準。在某些涉及地區方言口音的地方，會特別指出口音差別。

　　西班牙語的語音相對於歐洲其他的語言比較簡單。它就如台灣常用的注音符號系統一般，字母和發音幾乎是一一對應的，甚至在字典中單字都沒有音標。因此學會語音之後，在不知道它意思的情況下，每個單字都能輕易地把它念出來；當聽到一個單字時，幾乎可以原原本本地寫下來。因此**"聽到能夠寫下來，看到能夠念出來"**是對西班牙語學習者的要求。

 字母表

大寫	小寫	名稱
A	a	a
B	b	be
C	c	ce
(Ch	ch	che)
D	d	de
E	e	e
F	f	efe
G	g	ge
H	h	hache
I	i	i
J	j	jota
K	k	ca
L	l	ele
(Ll	ll	elle)
M	m	eme
N	n	ene

大寫	小寫	名稱
Ñ	ñ	eñe
O	o	o
P	p	pe
Q	q	cu
R	r	ere
	rr	erre
S	s	ese
T	t	te
U	u	u
V	v	uve
W	w	uve doble (doble uve)
X	x	equis
Y	y	i griega (ye)
Z	z	zeta

＊rr 不作為單獨字母。1994 年，西班牙皇家語言學院取消了 ch, ll 兩個字母。

母音 雙重母音 三重母音

1. 母音

西班牙語有五個母音：a e i o u

要領

- a：口型最大，類似中文的「啊」。
- e：嘴角向旁咧開，類似英語中 /e/ 音。
- i：嘴形最小，類似中文「衣」音。
- o：圓唇，類似「哦」音。
- u：圓唇，類似「烏」音。

西班牙語中沒有長短音之分，而嘴形大小會受前後字母影響，因此不必對嘴形大小太在乎，只要發出的音，聽上去像它的類似音即可。

在這五個母音中，嘴形最小的 i，u 為弱母音，其餘三個為強母音。如果弱母音加上重音符號（′），變成 í, ú，則可被視為強母音。

練習

- 音節練習：a e i o u

2. 雙重母音

上面提到五個母音中 a、e、o 是強母音，i、u 是弱母音，當一個強母音和弱母音組合，或兩個弱母音組合時，被稱為雙

重母音。在分音節的時候，雙重母音應被視作一個整體，不能分開。西班牙語的雙重母音由一個強母音和一個弱母音或兩個弱母音組合而成（兩者無順序），因此雙重母音有：

- ie ia io ue ua uo ei ai oi eu au ou iu ui

要領

　　按發單母音的原則，每個母音按順序唸清楚即可。一強一弱的組合，發音時重音落在強母音上；兩弱的組合，重音的地方由當地人發音習慣而定。但作為一個整體，兩者不能當作兩部分唸。

練習

- 音節練習：雙重母音
- ie ia io ue ua uo ei ai oi eu au ou iu ui

3.三重母音

　　西班牙語中也有三重母音，由一個弱母音加一個強母音再加一個弱母音組成，但出現的機會較少，只有少數幾個單字中出現，唸法與雙重母音相同。

PARTE 02

發音規則

由於母音在每個西班牙語單字的音節中擔任核心角色，因此在學習子音之前，先介紹發音規則。

1.分音節規則

這個規則是為了以下的換行規則和重音規則服務。

要領

❶西班牙語中有子音連綴。這些子音連綴應同雙重母音一樣，視為一個整體，不能分開。這些子音連綴有：
  ● pl bl cl pr br tr dr cr gr fr gl fl

❷母音可以單獨成音節。比如：A-na。

❸母音間如果有一個子音（或子音連綴），則它與後面的母音連作音節。比如：E-ma Pa-blo。

❹母音間如果有兩個子音（或子音連綴），則兩者分屬前後音節。比如：as-no。

❺如果母音間的子音（或子音連綴）超過兩個（雖然這樣的情況很少），則最後一個子音歸屬後一個音節，其餘的子音歸屬前一個音節。比如：ins-ti-tu-to。

2.換行規則

- 如果在行末，長單字寫不下，需進行換行的話，則要按照音節的劃分進行換行，在行末加上換行符號「-」。

- 通常來說，短的單字不宜進行換行，不美觀，有時甚至會引起歧義。

3.重音規則

　　這是被西班牙人譽為「唯一沒有例外的規則」（除了外來語）。

　　重音符號「'」，可以從左往右寫，也可以從上往下寫，只寫在母音上。規則如下：

❶如果單字中有重音符號，所在音節即為重讀音節。

❷如果單字中沒有重音符號，而單字是以母音或子音 n，s 結尾的，則重讀音節落在倒數第二個音節上。

❸如果單字中沒有重音符號，而單字是以除 n，s 外其他子音字母結尾的，則重讀音節落在最後一個音節上。

　　在讀重讀音節的時候，絕不可故意唸成注音符號中第四聲降調，只要發聲比其他音節響亮即可。可以採取壓低重讀音節前一音節的方法，達到重讀音節重讀的目的。

子音的發音

1.顫音 r/rr

　　顫音 r/rr 俗稱「花舌音」。在子音的一開始就介紹這個發音的原因是，這個發音對於華人來說，是極困難的，需要時間練習，也需要克服一定的心理障礙。但並不是說不可能發出這個音。多擊顫音和單擊顫音所在音節分別為：

多擊顫音

❶以 r 開頭的單字；
❷在母音之間，雙寫的 r；
❸在子音 l，m，n，後的 r。

單擊顫音

❶在母音之間，單個的 r；
❷音節末的 r（音節末只出現單個 r）。

發音練習方法：分五個階段。
❶放鬆舌尖，將舌尖靠在齒背，用氣吹動舌尖，發出「德勒」的音。這個階段也是口腔和舌頭相互配合的時期，有時甚至可以加快發出此音的過程。
❷隨著練習，「勒」的顫動頻率會慢慢增加。隨後將這之前的「德」音去除。去除的方法是：將原先靠在齒背的舌尖懸空，然後用氣帶動舌尖即可。

❸如果可以做到隨時隨地發出顫音，那麼下一步即是把顫音放入音節，與母音連起來練習，發出 ra re ri ro ru 的音。

❹當顫音在音節的開始階段可以順利熟練發出時，下面要放入兩個母音間進行練習，發出 arra erre irri orro urru 的音。

❺以上所練習的顫音，由於舌尖發出了多次的顫動，被稱為多擊顫音。與之相對應的是單擊顫音。最後一個階段即是，控制舌尖，將之前舌尖長時間的顫動縮短為顫動一至兩下，發出 ara ere iri oro uru 的音即可。

單字練習

• raro reo río reír erre oro iré euro

2.簡單子音 l m n s

l：可能出現在兩個地方，即音節開始處和音節末。

開始處　**la le li lo lu**

　　　　ala ele ili olo ulu

要領

發音類似ㄌ，注意此音是濁音。

音節末　**al el il ol ul**

要領

舌尖抵住上齒齦後不下來。

單字練習

• lelo lila Lola lulú lee Leo

- ala ole ele él ola aula leal

n：同樣會出現在兩個地方，音節開始處和音節末。

開始處　**na ne ni no nu**

　　　　　ana ene ini ono unu

音節末　**an en in on un**

要領

發音類似ㄋ，注意此音是濁音。

單字練習

- nene nena ene una nana Ana unió ONU Nina no

m：通常只出現在音節開始處。在音節末出現時，往往是為
　　了代替出現在p、b前的n。

開始處　**ma me mi mo mu**

音節末　**am em im om um**

要領

發音類似ㄇ，注意此音是濁音。

單字練習

- Mamá mi mía ame eme ama
- lema Lima maní mano malo

s：會出現在三個地方

音節開始：**sa se si so su**

要領

發音類似ㄙ，注意此音是清音。

音節末：**as es is os us**

要領

發音類似ㄙ，注意此音是清音，發音不要拖長。

濁音前： 例字：**mismo asno**

要領

濁化，發成 /z/ 音。這是西班牙語中唯一有 /z/ 音的地方。

請注意以 n, s 結尾的單字的重讀音節的位置。

綜合練習

- nasal masas mesas salas sal sana
- Susana suelo sumas sumo suela
- leíamos menos armas
- misma asno asna muslime isla muslo

3.清濁音

代表字母：**p b v; t d; c(q) g(u)**

第一組：雙唇音 **p b/v**

　　　　　　pa pe pi po pu

　　　　　　apa epe ipi opo upu

要領

清音，非送氣音。類似於ㄅ的發音。

單字練習

- paso peso piso poso puso
- sopa supe nipis supo puse

ba be bi bo bu

要領

濁音，非送氣音。詞首及子音 m 後發此音，類似於閩南語中「肉」的發音。

單字練習

- baso beso bis bolso burro
- baúles bemoles bilis bombones bula

　　由於西班牙語中此濁音的發音需要很強烈的發音動作，當濁音出現在兩個母音間，除了 m 之外的子音之後時，發音動作往往不能完全，這樣直接導致發音的變化。

要領

要領同濁音，但不要硬發濁音，發音效果類似於「瓦」。

單字練習

- alba sabe Libia lobo álbum
- sílaba biberón subieron árboles

　　v 的發音模式與 b 一模一樣，切忌不可發成英語中「v」的音。

va ve vi vo vu

ava eve ivi ovo uvu

單字練習

- vaso veno vive vos vuelo
- valer verbal violín volumen vuela

第二組：齒齦音 t d

ta te ti to tu

要領

清音，非送氣音。類似於ㄉ的發音。

單字練習

- tasa temo tilo toma tuve
- mata note latín loto túnel

da de di do du

要領

濁音，非送氣音。類似於ㄉ的發音。

單字練習

- dama deme dime domo dula
- danés denso Diana dormí duele

ada ede idi odo udu

要領

　　要領同濁音，但不要硬發濁音，發音效果類似於英文中 th 的濁音。

單字練習

- nada sede nido modo nudo
- nadie Beda vida roda ruido

　　d 也常常出現在單字結尾處。發音動作同英文中 th /ð/ 的濁音，但幾乎只有動作而聽不出發音效果。

ad ed id od ud

單字練習

- amad red vivid salud

第三組：軟顎音 c/q g(u)

　　在這一組中，發音的要領和以上兩組相似，但這一組的難點是在於書寫上。

ca que qui co cu

要領

　　清音，非送氣音。類似於ㄍ的發音。

　　這是字母「q」唯一出現的地方，而且同 u 連用。

單字練習

- caso queso quiso cosa cuna

- boca parque caqui poco cura

ga gue gui go gu

要領

濁音，非送氣音。類似於ㄍ的發音。

單字練習

- gato guerra guinea goma guapo
- garganta guerrero guiado gordo gusano

aga egue igui ogo ugu

要領

要領同濁音，但不要硬發濁音，發音效果幾乎是不發音，但感覺得到軟顎處的接觸。

單字練習

- miga pague águila amigo agua
- navega niegue aguilón mago aguanta

關於軟顎音中缺少的音節

ce ci

要領

同英文中 th /θ/ 的清音。這個音所帶其他的母音使用字母為 z，即

19

za ce ci zo zu

音節 ze zi 不存在。

　　在西班牙的部分地區和拉丁美洲大部分地區，這個音已經被 s 代替。這種現象被稱為 seseo。

單字練習

- zapato cero cita zona zumo
- caza coce cintura mozo azúcar

ge gi

要領

　　類似於漢字「喝」的音，但發音位置遠遠靠後，接近小舌，甚至帶出小舌音。這個音所帶其他的元音使用字母為 j，但音節 je ji 同時存在。即

ja je ji jo ju

ge gi

單字練習

- jade Jesús jipi jota gesto gira
- caja queje aji cojo junto coge cogió

gua guo

要領

　　當雙重母音處理。那麼如果要 gue gui 發出雙重母音的話，那麼需要在 u 上加上兩點。即：

gua güe güi guo

單字練習

- guapo antigüedad lingüística antiguo

4.其他字母的發音

到現在為止，已經學習了 20 個字母，還有 9 個不成系列的字母。

第一類：ll y

lla lle lli llo llu

alla elle illi ollo ullu

注意：不要發成l的音，而是類似於英語中 y 的音。

單字練習

- llano lleno talla llora lluvia
- allá calle allí callo llueve

ya ye yi yo yu

aya eye iyi oyo uyu

要領

類似英語中「y」的音。

這兩個字母的發音在各個地區口音差別較大。有些地方還是區分這兩個字母的發音，但總體上有相同的趨勢。

單字練習

- yaca yeto yipe yodo yute
- maya oye mayo yuta

y 也會單獨出現或出現在單字末尾，發音與 i 相同。

ay ey oy uy

單字練習

- lay ley soy muy rey

第二類：和英語發音相同的字母 f ch x

f

fa fe fi fo fu

afa efe ifi ofo ufu

要領

唇齒音，西班牙語中唯一一個送氣音。

單字練習

- fama feo fino foco fuma
- sofá café Sofía sofocante afuera

ch

cha che chi cho chu

acha eche ichi ocho uchu

要領

雖然這個音和英語的發音接近，也類似於漢字中「吃」的音，但發音區域要比英語中「ch」的發音區域要靠前得多，幾

乎就在齒後。

單字練習

- chapa cheque chiste choque chupa
- fecha coche China macho Machu

x

xa xe xi xo xu

要領

x 這個字母出現在單字字首的機會不是很多，如果出現，則發音與 /s/ 相同。

單字練習

- xantina xenofilia xilofonista

axa exe ixi oxo uxu

要領

發成 /ks/ 的音。

單字練習

- sexto mixto

如果這個字母出現在母音和子音間，可發成/ks/的音，也可發成 /s/ 的音。但現下的趨勢是發成 /ks/ 的音。

México mexicano

「墨西哥」這個地名的念法比較特殊，由於古代西班牙語

的拼法為 Méjico，而在現代西班牙語中，這個字的拼法發生了改變，但讀音沒有發生變化，並且由此影響了「墨西哥人」這個單字。因此，這兩個單字的「x」發「j」的音。

另外，在墨西哥的一些地名中，會出現這個字母。然而會受到當地語言的影響，x 會有不同的發音。對於初學者來說，這些特殊的發音無需尋求其規律，尊重當地發音即可。在普通詞中，遵照以上規律練習即可。

第三類：與英文發音不相同的字母 h ñ

在西班牙語中，h 是不發音的，因此

ha he hi ho hu

發音是和母音一模一樣的。

注意：雖然這個字母是不發音的，但在單字中是要寫進去的。當 h 出現在單字中間的時候，比如 anhelo，h 就像被忽略一樣，和*anelo 是一個發音。

單字練習

- hada hecho hielo hola hule
- almohada anhelo ahumado

英語中是沒有 ñ 這個字母的，自然也不會有這個發音。

ña ñe ñi ño ñu

aña eñe iñi oño uñu

要領

鼻音，與 n 的區別是，發 n 的時候，舌頭抵在上齒齦，而發 ñ 的時候，舌頭抵在下齒齦。

單字練習

ñato niña cuñado mañana cigüeña

第四類：拼寫外來語的字母 k w

ka ke ki ko ku

aka eke iki oko uku

要領

發音同 c/q 行清音一致。但這個字母只用來拼寫外來語，切勿因其拼寫較 c/q 行容易而只用此行拼寫。

wa we wi wo wu

要領

同英文中 /w/ 的音，只用來拼寫外來語。

單字練習

- bikini kilo kart kiosco Kodak
- wat web whisky kiwi Washington

至此：27 個字母發音已全部介紹完畢。

5.字母名稱

此為先前出現的字母表。利用字母名稱，就可以拼寫出所有單字。

大寫	小寫	名稱
A	a	a
B	b	be
C	c	ce
(Ch	ch	che)
D	d	de
E	e	e
F	f	efe
G	g	ge
H	h	hache
I	i	i
J	j	jota
K	k	ca
L	l	ele
(Ll	ll	elle)
M	m	eme
N	n	ene

大寫	小寫	名稱
Ñ	ñ	eñe
O	o	o
P	p	pe
Q	q	cu
R	r	ere
	rr	erre
S	s	ese
T	t	te
U	u	u
V	v	uve
W	w	uve doble (doble uve)
X	x	equis
Y	y	i griega (ye)
Z	z	zeta

*rr 不作為單獨字母。1994 年，西班牙皇家語言學院取消了 ch, ll 兩個字母。

練習

你能用西語字母名稱拼寫出你的姓名嗎？

PARTE 04 子音連綴

04-01

子音連綴是西班牙語語音的最後一個部分。在分音節規則的時候，已經提及了子音連綴的內容：

pl bl cl pr br tr dr cr gr fr gl fl

要領

所有子音連綴應與母音連接朗讀，注意清濁音和 r/l 的區別。在子音連綴的兩個字母中，不要加入其他的母音。濁音在母音字母間，也有發音動作不完全的現象。

單字練習

- plato pleno pliego plomo pluma
- blanco blinda bloque blusa
- clavo clero clima cloro clueco
- prado prefiero primo profunda prudente
- brazo breve brinda bromea brusto
- tráfico tremendo triunfo trofeo trucha
- drama drenaje drible droga drusa
- crasitud creencia criminación crónica cruel
- grave gresca griego grosería grupo
- glaciar gleba glicérido globo glucosa
- francés frecuente frío frontera fruta

• flaco flecha flipar florero fluidez

練習

繞口令

❶ La nana no lava ni nailon ni lana.

❷ Si yo como como como y tú comes como comes, ¿cómo comes como como?

❸ Me han dicho que tú has dicho que yo he dicho. Ese dicho está mal dicho.

❹ Pepe pide pipas y Pepe pide papas. Pudo Pepe pelar pipas, pero no pudo Pepe pelar papas, porque las papas de Pepe no eran papas, eran pepinos.

❺ El amor es una locura que ni el cura lo cura que si el cura lo cura es una locura del cura.

❻ Tres tristes tigres tragan trigo en un trigal.

❼ El perro de San Roque no tiene rabo porque Ramón Ramírez se lo ha robado.

❽ Qué rápido corren los carros del ferrocarril.

課文

Texto

PARTE 05

¡Hola! 你好。

本課涉及語法

1. 名詞性數一致現象
2. 主格人稱代詞的使用

 會話 1

Pepe　：¡Hola, Juana! ¿Qué tal?

Juana　：¡Hola, Pepe! Muy bien. ¿Y tú?

Pepe　：Yo también. ¡Chao!

Juana　：¡Chao!

貝貝　　：你好，胡安娜。你好嗎？

胡安娜：你好，貝貝。我很好，你呢？

貝貝　　：我也是。再見。

胡安娜：再見。

會話 2

María	：¡Buenos días, señor Pérez!
Señor Pérez	：¡Buenos días! Encantado.
María	：Mucho gusto.

瑪麗婭	：早安，佩雷斯先生。
佩雷斯先生	：早安。見到你很高興。
瑪麗婭	：見到你很高興。

 單字

Pepe		（名）貝貝	Hola	*interj.*	你好
Juana		（名）胡安娜	¿Qué tal?		你好嗎？
muy	*adv.*	很	bien	*adv.*	好
y	*conj.*	和	tú	*pron.*	你
yo	*pron.*	我	también	*adv.*	也
¡Chao!		再見	María		（名）瑪麗婭
¡Buenos días!		早安	señor	*m.*	先生
Pérez		（姓）佩雷斯	encantado, a	*adj.*	見到你很高興
Mucho gusto.		見到你很高興。			

 語法解析

1.名詞性數一致

西班牙語中所有的名詞都分成陽性名詞和陰性名詞，根據其數量是否超過一，還分為單數和複數。由此帶來與之相關的修飾詞，如冠詞、指示形容詞、物主（所有格）形容詞、形容詞等都需要根據名詞的陰陽性、單複數，選擇相應的詞。

一般來說，陽性名詞的標示是結尾的 o，陰性名詞的標示是結尾的 a，複數名詞的標示是增加一個 s。但是也有很多特殊情況。

在日常用語中也有這樣的表現，比如在使用 encantado, a（見到你很高興）時，即需要與說話人的男女和數量進行一致。如：

Pepe: Encantado.

María: Encantada.

Juan y Alberto: Encantados.

Juana y Cecilia: Encantadas.

2.主格人稱代詞的使用

在主語位置使用的人稱代詞稱為主格人稱代詞，在西班牙語中有 10 個，它們分別是：

我	yo	我們	nosotros, -a	你	tú	你們	vosotros, -as
他	él	他們	ellos	她	ella	她們	ellas
您	usted	您們	ustedes				

在拉丁美洲（簡稱拉美），vosotros（你們）已經逐漸不用了。

在西班牙語中，也有「您」，當作第三人稱單數；「您們」當作第三人稱複數。

 課後練習

(一) 寫出下列單字的中文意思

❶ bien ＿＿＿＿＿＿

❷ hola ＿＿＿＿＿＿

❸ muy ＿＿＿＿＿＿

❹ señor ＿＿＿＿＿＿

❺ también ＿＿＿＿＿＿

❻ tú ＿＿＿＿＿＿

❼ y ＿＿＿＿＿＿

❽ yo ＿＿＿＿＿＿

(二) 填空

A: ¡Hola!

B: ＿＿＿＿＿＿

A: ¿Cómo estás?

B: ＿＿＿＿＿＿ . ¿Y ＿＿＿＿＿＿ ?

A: Bien. Encantado.

B: ＿＿＿＿＿＿ .

A: Hasta luego

B: ＿＿＿＿＿＿ .

34

㈢ **翻譯**

❶ 你好！

_____

❷ 見到你很高興。

_____

❸ 你好嗎？

_____

文化現象 1：西班牙人的早上、下午、晚上

西班牙人的生活作息非常特殊，他們每天早上七點左右吃早餐，下午兩點才吃中餐，晚上九、十點鐘吃晚餐，十二點到一點才睡覺。這種生活作息幾乎使所有初到西班牙的人都有點受不了。究其根本原因，是當地夏季的太陽日落非常晚，大約在晚上十點左右才日落。那麼強求西班牙人在太陽高高掛在天上的九點就睡覺，這幾乎是不可能的事情。

因此在西班牙，有一些奇特的現象：晚上睡眠不足，使他們養成了午睡的習慣，幾乎所有單位下午上班的時間都是四五點鐘；三餐飯之間的間隔非常長，有時他們會加餐到每日五餐；甚至是在下午兩點，你會聽到 ¡Buenos días!，而在晚上八點，對他們而言，還可以用 ¡Buenas tardes! 呢。

文化現象 2：西班牙人的「你」和「您」

在西班牙語中的確是分「你」和「您」的，但兩者的區別和漢語純粹表示尊敬還有一些不同。一般在西班牙，陌生人之間第一次見面會用「您」，不久即 tutear （用你來稱呼）。對長者使用「您」也比較普遍。不同職業身分之間，比如領導者和下屬，營業員和顧客，甚至警察和罪犯之間用的都是「您」。關係一旦熟悉即用「你」。也就是說，「你」和「您」的區別在於兩人心理距離的遠近。有很多西班牙年輕人之間哪怕是第一次見面用的就是「你」。

在拉丁美洲，用「您」的現象則更加普遍一些，這是地域使用上的差異。

有意思的是，在西班牙語中，「您」屬於第三人稱單數，在運用的時候，由於與「他（她）」的混淆，倒還真的會出現一些誤解和笑話呢。

日常用語的補充
Expresiones cotidianas

- **如果你想問候別人：**

在早上	: ¡Buenos días!	早安！
在下午	: ¡Buenas tardes!	午安！
在晚上	: ¡Buenas noches!	晚安！
在任何時候	: ¡Hola!	你好！

  你可以用相同的模式向對方進行回應。

- **如果你想問候別人，你可以：**

在西班牙	: ¿Qué tal?	你（您）好嗎？
在拉美	: ¿Cómo estás?	你好嗎？
	¿Cómo está usted?	您好嗎？

- **如果你想回答：**

Muy bien.	很好
Bien.	好
Mal. /Fatal.	不好
Regular. /Así, así.	一般

- **如果你想和別人告別：**

Hasta luego.	再見
Adiós.	長時間告別
Hasta mañana.	明天見

  你可以用相同的方式向對方回應。

本課涉及語法

1. 動詞變位
2. 非重讀物主形容詞

 會話 1

Paco	:	Perdón, ¿quién es aquella señora?
Alberto	:	Es mi amiga, María. Es española.
Paco	:	Gracias.
Alberto	:	De nada.

巴科	:	對不起，那位女士是誰？
阿爾貝托	:	她是我朋友瑪麗婭。她是西班牙人。
巴科	:	謝謝。
阿爾貝托	:	不客氣。

會話 2

María	:	¡Buenos días! Soy María, su intérprete.
Señor Pérez	:	¡Buenos días! Encantado. Ésta es mi secretaria, Cecilia.
María	:	Mucho gusto.
Cecilia	:	Encantada.

瑪麗婭	:	早安。我是瑪麗婭，您的翻譯。
佩雷斯先生	:	早安。很高興見到你，這是我的秘書，塞西莉雅。
瑪麗婭	:	很高興見到你。
塞西莉雅	:	很高興見到你。

 單字

Paco		（名）巴科	perdón		對不起
quién	*pron.*	誰	es	*v.*	（他，她，您）是
aquella	*adj.*	那個（陰性單數）	señora	*f.*	女士
Alberto		（名）阿爾貝托	mi	*adj.*	我的
amigo, a	*m., f.*	朋友	español, la	*m., f.*	西班牙人
gracias	*f.(pl.)*	謝謝	De nada.		不客氣
soy	*v.*	（我）是	su	*adj.*	他（她，您）的
intérprete	*m., f.*	翻譯（口譯員）	ésta	*pron.*	這個（陰性單數）
secretario, a	*m., f.*	秘書			
Cecilia		（名）塞西莉雅			

 語法解析　　　　

1.動詞變位

　　西班牙語中動詞的變化很多。根據不同的時態、人稱，動詞會發生不同的變化。這就是動詞變位。一般一個動詞會有十幾種時態和六種人稱的組合形式，即近百種變位動詞。這是西班牙語學習過程中不可避免的難關。

　　動詞變位和主格人稱一一對應，因此在句子中，由於透過動詞變位即可知其人稱，因此在上下文清楚的情況下，通常句子中主語省略。

　　動詞 ser 的陳述式現在時的變位：

yo	soy	nosotros	somos
tú	eres	vosotros	sois
él/ella/ usted	es	ellos/ellas/ustedes	son

2.非重讀物主（所有格）形容詞

　　使用在名詞之前的表示事物所有性質的形容詞為非重讀物主形容詞

我的	mi	我們的	nuestro
你的	tu	你們的	vuestro
他的/她的/您的	su	他們的/她們的/您們的	su

　　如果後面所加名詞為陰性，nuestro 和 vuestro 兩詞結尾的 o
需改成 a；如果後面所加名詞為複數，六個詞均須在結尾處加 s。

　　比如：

我們的（一個）女朋友　　　nuestra amiga

我們的（許多）女朋友　　　nuestras amigas

我的（一個）秘書（男）　　mi secretario

我的（一個）秘書（女）　　mi secretaria

 課後練習

㈠ 寫出下列單字的中文意思

❶ aquella _____

❷ amiga _____

❸ español _____

❹ ésta _____

❺ intérprete _____

❻ mi _____

❼ quién _____

❽ secretario _____

❾ señora _____

❿ su _____

㈡ 默寫下列動詞陳述式現在時的變位

ser： _____

㈢ 填空

A: _____ . ¿ _____ es aquella señora?

B: Es _____ secretaria, _____ . Es _____ .

A: Gracias.

B: _____ .

A: ¡ _____ ！Soy _____ , su _____ .

B: ¡ _____ ！Encantado. Ésta es mi _____ , Cecilia.

A: _____ .

C: _____ .

㈣ **翻譯**

❶ 對不起，這位女士是誰？

_____

❷ 她是我的秘書。

_____

❸ 我是您的翻譯。

_____

語法現象 1：災難性的動詞變位

一個動詞能變多少個變位動詞？最基本的應該是八十八個，包括十四個基本時態和四個非人稱形式。但是其中並沒有包括一些已經淘汰、但正規報紙雜誌或古典小說中仍然使用的時態。如果把這些時態也算上，應該達到一百一十九個變化。因此，對於學習西班牙語的學生來說，這真的是災難。

為什麼西班牙語中有那麼多動詞變位呢？因為西班牙語是從拉丁語演化而來，而拉丁語的動詞變化是非常多的。因此，不僅僅是西班牙語，同樣從拉丁語演化而來的義大利語、葡萄牙語、法語、加泰隆尼亞語、羅馬尼亞語，同樣擁有眾多的動詞變位。

語法現象 2：容易混淆的「他的」和「他們的」

翻譯練習：

他的秘書 ＿＿＿＿＿＿＿＿＿＿＿＿＿＿＿＿＿＿＿＿

他們的秘書 ＿＿＿＿＿＿＿＿＿＿＿＿＿＿＿＿＿＿＿

如果你能透徹領會本課語法 2 中的要點，就不難發現這一現象：以上兩個詞組的翻譯是一模一樣的：su secretario。

因為非重讀物主形容詞的性數是根據後面所跟名詞來變化的，如果這兩個詞組的秘書都是一個男秘書，而「他的」和「他們的」同為「su」，那麼不可避免的相同翻譯就出現了。那麼如何判斷是「他的」還是「他們的」呢？很簡單，根據上下文判斷。因為上文一定會告訴你名詞擁有者是一個還是多個。因此哪怕是翻譯一致，也不會出現理解錯誤。

- **如果你想感謝別人：**

  謝謝　　　：Gracias.

  非常感謝　：Muchas gracias.

- **如果別人向你表示感謝，你可以這樣回答：**

  不用謝：De nada. / No hay de qué.

- **如果你想向別人道歉：**

  不好意思　　　　　：Perdón.

  對不起，我很遺憾　：Lo siento.

- **如果別人向你道歉，你可以這樣表示你的原諒：**

  別擔心　：No te preocupes.

  沒關係　：No pasa nada.

¿Dónde está? 在哪裡？

本課涉及語法

1. ser 和 estar 的區別
2. 冠詞的使用

 會話 1

Manolo	: Perdón, ¿dónde está el museo?
Señor González	: Está muy lejos. Puede usted tomar el autobús número 15. Y puede bajar en la segunda parada.
Manolo	: ¿Dónde está la parada?
Señor González	: Está cerca. Está allá.
Manolo	: Gracias.
Señor González	: De nada.

馬諾羅	：對不起，博物館在哪裡？
岡薩雷斯先生	：很遠。您可以搭乘 15 號公車，在第二站下車。
馬諾羅	：車站在哪裡？
岡薩雷斯先生	：很近，在那裡。

馬諾羅　　　　：謝謝。
岡薩雷斯先生　：不客氣。

 會話 2

Felisa　：Perdón, señor. ¿Dónde está el servicio?

Emilio　：Perdón. Repita, por favor.

Felisa　：¿Dónde está el baño?

Emilio　：Está allá. Cerca del teléfono, a la izquierda.

Felisa　：Muchas gracias.

菲莉莎　　　：對不起，先生。廁所在哪裡？

艾米利歐：對不起，請您重複一遍。

菲莉莎　　　：廁所在哪裡？

艾米利歐：在那裡。電話旁邊，左邊。

菲莉莎　　　：非常感謝。

 單字

Manolo	（名）馬諾羅		dónde	adv.	哪裡
está	v.	（他、她、您）在	el	art.	陽性單數定冠詞
museo	m.	博物館	González		（姓）岡薩雷斯

lejos	*adv.*	遠	tomar	*vt.*	（文中）乘坐
usted	*pron.*	您	bajar	*vi.*	下（文中，下車）
autobús	*m.*	公共汽車	número	*m.*	號碼
la	*art.*	陰性單數定冠詞	segundo	*adj.*	第二
parada	*f.*	車站	cerca	*adv.*	近
allá	*adv.*	那裡	Felisa		（名）菲莉莎
servicio	*m.*	服務，廁所（文中）	Emilio		（名）艾米利歐
repite	*v.*	（請您）重複	por favor		請，拜託
baño	*m.*	廁所	del	*contracc.*	de 和 el 的縮寫形式
teléfono	*m.*	電話	a la izquierda		在左邊
puede	*v.*	（他、她、您）可以			

 語法解析　　　　　　　　　　　　　　

1. ser 和 estar 的區別

西班牙語中有兩個繫動詞，ser 和 estar。ser 的陳述式現在時動詞變位在第 6 課的時候已經出現過。以下為 estar 的陳述式現在時動詞變位：

yo	estoy	nosotros	estamos
tú	estás	vosotros	estáis
él/ella/usted	está	ellos/ellas/ustedes	están

兩者在用法上有一定的區別：

- ser 後面可以加上名詞，或者表示性質的形容詞。

比如：我是秘書。Soy secretaria.　她很漂亮。Es bonita.

- estar 後面可以加上表示地點的副詞，或者表示狀態的形容詞或副詞。

  比如：我在那裡。Estoy allá.　她身體不好。No está bien.

2.冠詞的使用

　　一般而言，當名詞在句子中作主格、受格、表語和介詞受格的時候，都會要求冠詞與之共同使用。冠詞分為定冠詞和不定冠詞。

　　如果指上文已經出現的事物，或者唯一的事物，那麼使用定冠詞。定冠詞根據後面所跟名詞的性數選擇。

	單數	複數
陽性	el	los
陰性	la	las

　　如果指第一次出現的事物，或者強調一件事物，那麼使用不定冠詞。不定冠詞根據後面所跟名詞的性數選擇。

	單數	複數
陽性	un	unos
陰性	una	unas

　　比如：

　　　　朋友（男）el amigo

　　　　朋友（女）la amiga

　　　　一個朋友（男）un amigo

　　　　一個朋友（女）una amiga

 課後練習

㈠ 寫出下列單字的中文意思

❶ a la izquierda _____

❷ allá _____

❸ autobús _____

❹ bajar _____

❺ baño _____

❻ cerca _____

❼ dónde _____

❽ lejos _____

❾ museo _____

❿ parada _____

⓫ segundo _____

⓬ servicio _____

⓭ teléfono _____

⓮ tomar _____

⓯ usted _____

㈡ 默寫下列動詞陳述式現在時的變位

estar： _____

㈢ 填空

A: _____ , ¿ _____ está el museo?

B: _____ allá. Está _____ .

Puede _____ un autobús.

A: Muchas gracias.

B: _____ .

A: Perdón, ¿dónde está _____ ?

B: Perdón. _____ , por favor.

A: ¿Dónde está _____ ?

B: Perdón, no sé tampoco.（我也不知道）

A: No se preocupe.（別擔心）

㈣ **翻譯**

❶ 對不起，廁所在哪裡？

_____

❷ 在那裡，很近。

_____

❸ 非常感謝。

_____

課後小知識
Después de la escuela. Consejos

語法現象 1：影響意義表達的 ser 和 estar

有時候 ser 和 estar 會影響句子的表達。試比較：

Es alegre.	他很開朗。
Está alegre.	他很高興。

Es bonita.	她是個美人
Hoy está bonita.	她今天很漂亮。

Es bueno.	他是個好人。
Está bien.	他身體很好。

語法現象 2：命令式

本文中，repita 一詞是變位動詞，但不屬於所講的「陳述式現在時」，而是屬於「命令式」。

陳述式現在時表示敘述現在的一件事，而命令式表示命令或者要求對方做某事。比如文中，repita 表示的是：請您重複。

日常用語的補充
Expresiones cotidianas

- ### 如果你想問對方叫什麼名字：

  你叫什麼名字？ ¿Cómo te llamas?

  您叫什麼名字？ ¿Cómo se llama usted?

- ### 如果別人問你叫什麼名字，你可以這樣回答：

  我叫 Ana：Me llamo Ana.

- ### 如果你想表示對對方的歡迎：

  歡迎：Bienvenido.

  請根據迎接對方的性別及數量改變性數，也就是說可能有四種
  （形式）表達。

  如果別人向你表示歡迎，你可以感謝別人。

PARTE 08

Felicidad 恭喜

本課涉及語法

1. 形容詞
2. 感嘆句

 會話 1　　　　　　　　　　　　　　

Teresa ： ¡Hola, Lucía! ¿Cómo estás?

Lucía ： Bien. ¿Y tú?

Teresa ： Muy bien. Aquí tienes un regalo. ¡Feliz cumpleaños!

Lucía ： Gracias. ¡Qué bonita la flor! La voy a poner aquí.

～～～～～～～～～～～～～～～～～～～～～～～～～～～～

特雷莎 ： 你好，露西亞，你好嗎？

露西亞 ： 很好，你呢？

特雷莎 ： 很好。這是給你的禮物。生日快樂！

露西亞 ： 謝謝。真漂亮的花啊！我要把它放在這裡。

會話 2

Elena ： ¡Hola, Carmen! ¡Bienvenida a mi casa!

Carmen ： ¡Qué grande es tu casa!

Elena ： Sí. Es mi casa nueva. Estamos en mi estudio.

Carmen ： Está muy limpio. ¡Hay muchos libros aquí! El estante está lleno.

Elena ： Sí, porque me gusta leer.

艾萊娜 ： 你好，卡門！歡迎到我家！

卡門 ： 你家好大啊！

艾萊娜 ： 是的，這是我的新家。我們在我的書房。

卡門 ： 它很乾淨。有那麼多的書啊！書架都滿了．

艾萊娜 ： 是的，因為我喜歡看書。

 單字

Teresa		（名）特雷莎	Lucía		（名）露西亞
cómo	*adv.*	怎麼樣	estás	*v.*	（你）在
aquí	*adv.*	這裡	tienes	*v.*	（你）有
un	*art.*	一個	regalo	*m.*	禮物
para	*prep.*	為了	ti	*pron.*	你（介詞受格）
feliz	*adj.*	幸福，快樂	cumpleaños	*m.*	生日
qué	*interj*	（文中）那麼（表示感嘆）	bonito	*adj.*	美麗

魅力西班牙語入門

flor	f.	花	voy	v.	（我）去，打算
a	prep.	（文中）表示方向	la	pron.	她，它（陰性名詞）（直接受格）
poner	vt.	放	Elena		（名）艾萊娜
Carmen		（名）卡門	bienvenido	adj.	歡迎
casa	f.	家，房子	grande	adj.	大
tu	adj.	你的	nuevo	adj.	新的
estamos	v.	（我們）在	en	prep.	在……裡面，在……上面
estudio	m.	書房	limpio	adj.	乾淨的
hay	v.	有	mucho	adj.	許多
libro	m.	書	estante	m.	書櫃
lleno	adj.	滿	porque	conj.	因為
me	pron.	我（間接受格）	gusta	v.	（他、她、您）使喜歡
leer	vi., vt.	看書			

 語法解析

 08-04

1.形容詞

在西班牙語中，形容詞是用來修飾名詞的，一般放在名詞之後，也有一些放在名詞之前的用法。形容詞也可以作表語，跟在繫動詞 ser 或者 estar 之後，表示性質或者狀態。

當形容詞修飾名詞的時候，需要和被修飾的名詞保持性數上的一致，而充當表語的時候，也需要和句子的主格保持一致。

形容詞變化陰陽性單複數的模式類似於名詞，以 o 結尾的形容詞改成陰性的時候變為 a，其他結尾的形容詞基本不變；變為

複數時，一般來說，元音結尾的形容詞加上 s，子音結尾的形容詞加上 es。

比如：

一間大房子	una casa grande
一些漂亮的西班牙女人	unas españolas guapas
一個好的電話	un teléfono bueno

2.感嘆句

表示情感的抒發，通常會使用感嘆句。最常見的感嘆句都是以 qué 開頭，表示情感，然後跟上所要感嘆的形容詞或名詞即可。

比如：

真漂亮啊！	¡Qué bonito!
真大啊！	¡Qué grande!

課後練習

(一) 寫出下列單字的中文意思

❶ aquí _____

❷ bienvenido _____

❸ bonito _____

❹ casa _____

❺ cómo _____

❻ cumpleaños _____

❼ estante _____

❽ estudio _____

❾ feliz _____

❿ flor _____

⓫ grande _____

⓬ leer _____

⓭ libro _____

⓮ limpio _____

⓯ lleno _____

⓰ mucho _____

⓱ nuevo _____

⓲ para _____

⓳ porque _____

⓴ qué _____

㉑ regalo _____

(二) 填空

A: ¡_____ , Carmen! ¡Bienvenida a _____ !

B: _____ . ¡ _____ grande es _____ casa!

A: Aquí estás en _____ casa. Es mi casa _____ .

   Estamos en _____ dormitorio.

B: _____ cama es muy grande.

   Y la _____ es bonita.

A: Gracias.

A: ¡_____ , _____ ! ¿Qué tal?

B: Muy bien. ¿Y _____ ?

A: _____ . Hoy es mi cumpleaños.

B: ¿Sí? ¡ _____ !

A: Gracias.

(三) 翻譯

❶ 生日快樂!

_____

❷ 這是給你的禮物。

_____

❸ 真漂亮! 謝謝!

_____

語法現象：代詞的不同的格位

本文出現了表示直接受格的代詞 la，和表示介詞受格的代詞 ti。在西班牙語中，代詞具有不同的格位。比如在第五課中出現的 yo, tú, él, 等等，都是用來表示主格的人稱代詞，稱為主格人稱代詞。西班牙語中人稱代詞共分為：

主格（作主語）

所有格（表示所屬，分重讀和非重讀）

受格（表示直接受格）

與格（表示間接受格）

奪格（表示介詞受格）

所有這些格位的代詞均有所不同，因此在使用時也應該搞清楚。

文化現象：送禮

如果在西班牙，有人送你禮物，一般來說不僅僅說聲謝謝，而且最好是當面打開，稱讚一下，能立即用上就立即用上，這是對送禮者的一種禮貌。

如果送花的話，那麼不要送菊花，因為這是葬禮上用的。

- **如果你想向對方表達祝福，你可以：**

  ¡Feliz Navidad!　　　耶誕快樂！

  ¡Feliz Año Nuevo!　　新年快樂！

  ¡Feliz cumpleaños!　　生日快樂！

- **如果你想做出回應，你可以說「謝謝」，也可以說：**

  Igualmente. 你（您）也一樣。

本課涉及語法

1. 星期表示法
2. 介詞 a 的用法

 會話 1

Helena ： Perdón, ¿qué día es hoy?

Selena ： Hoy es viernes.

Helena ： Ah, sí. ¿Qué vas a hacer este fin de semana?

Selena ： Voy a ver a mi profesor español Daniel. Está enfermo. ¿Y tú?

Helena ： No voy a ninguna parte. Descanso en casa.

愛蓮娜 ： 對不起，今天星期幾？

塞萊娜 ： 今天是星期五。

愛蓮娜 ： 啊，是的。這個週末你會做什麼？

塞萊娜 ： 我要去看我的西班牙老師丹尼爾。他生病了。你呢？

愛蓮娜 ： 我哪裡也不去。我在家休息。

會話 2

Yolanda ： Marisol, ¿qué hora es? Mi reloj anda mal.

Marisol ： Ahora son las ocho.

Yolanda ： ¿Son las ocho? Vamos a llegar tarde.

Marisol ： Sí. El tren sale a las nueve.

Yolanda ： Ahora vamos.

約蘭達 ： 瑪麗索爾，幾點了？我的錶走得不準。

瑪麗索爾 ： 現在八點了。

約蘭達 ：八點了？我們要遲到了。

瑪麗索爾 ： 是的。火車九點離開。

約蘭達 ： 我們現在就去。

 單字

Helena		（名）愛蓮娜	día	*m.*	天
hoy	*adv.*	今天	Selena		（名）塞萊娜
viernes	*m.*	星期五	ah	*interj.*	啊
sí	*adv.*	是的	vas	*v.*	（你）去
hacer	*vt.*	做	este	*adj.*	這
fin	*m.*	末尾	de	*prep.*	的
semana	*f.*	星期	ver	*vt.*	看
profesor, ra	*m., f.*	老師	Daniel		（名）丹尼爾
enfermo	*adj.*	生病的	no	*adv.*	不

ninguno, a	adj.	沒有	parte	f.	地方
descanso	v.	（我）休息	Yolanda		（名）約蘭達
Marisol		（名）瑪麗索爾	hora	f.	小時
reloj	m.	鐘，錶	anda	v.	（他）走
mal	adv.	不好	ahora	adv.	現在
son	v.	（他們、她們您們）是	las	art.	陰性複數定冠詞
ocho	num.	八	vamos	v.	（我們）去
llegar	vi.	到達	tarde	adv.	晚
tren	m.	火車	sale	v.	（他、她、您）離開
nueve	num.	九			

 語法解析

1.星期表示法

西班牙語中，一週七天分別為：

星期一	星期二	星期三	星期四
lunes	martes	miércoles	jueves

星期五	星期六	星期日	
viernes	sábado	domingo	

這七個名詞都是陽性。當改變成複數的時候，前五個沒有形式變化，後兩個需要加上 s。

提問：¿Qué día es hoy?

回答：Hoy es _____ .

如果要表示「在星期 x」，即星期作狀語的時候，在星期前使用定冠詞即可。比如：El lunes voy a España. 在星期一，我去西班牙。

鐘點表示法將在下一課講解。

2.介詞 a 的用法

a 是西班牙語中很常見的介詞。它主要有以下幾個解釋：

- 表示方向

  比如：Vamos a Taipéi este sábado.
  我們本週六去台北。

- 表示目的

  比如：¿Qué vas a hacer este fin de semana?
  這個週末你會做什麼？

- 表示鐘點

  比如：El tren sale a las nueve.
  火車九點離開。

- 表示人作受格

  比如：Voy a ver a mi profesor español Daniel.
  我要去看我的西班牙老師丹尼爾。

 課後練習

(一) 寫出下列單字的中文意思

❶ ahora _____

❷ casa _____

❸ día _____

❹ enfermo _____

❺ fin _____

❻ hacer _____

❼ hora _____

❽ hoy _____

❾ llegar _____

❿ mal _____

⓫ no _____

⓬ nueve _____

⓭ ocho _____

⓮ parte _____

⓯ profesor _____

⓰ reloj _____

⓱ semana _____

⓲ tarde _____

⓳ tren _____

⓴ ver _____

㉑ viernes _____

㈡ 填空

A: Hola, _____ , ¿qué _____ es _____ ?

B: Hoy es _____ .

A: Ah, sí, _____ . ¿Qué _____ a _____ esta tarde?

B: Voy a _____ casa de _____ . _____ es su _____ .

A: Ah, ¿sí? Feliz _____ .

A: _____ , ¿qué _____ es _____?
Mi _____ anda _____ .

B: Ahora son las _____ .

A: Gracias. Ya es hora de ir a casa. _____ mañana.

B: _____ .

㈢ 翻譯

❶ 今天星期三。

_____

❷ 現在十二點了。

_____

❸ 我哪裡也不去。

_____

語法現象：陳述式現在時規則動詞變位

09-05

在前五課中已經出現了不少的動詞。原形動詞已用 vt. 或 vi. 或 vr. 表示其詞性，變位動詞已用 v. 表示。在第六課中已經說過，西班牙語的動詞變位很多，但這不是說其中就沒有規律。以下介紹陳述式現在時規則動詞變位。

所有動詞都以 ar, er 或者 ir 結尾。如果要變位成陳述式現在時，需要先將詞尾去掉，對應相應的人稱，加上適當的詞尾。

ar	o	as	a	amos	áis	an
er	o	es	e	emos	éis	en
ir	o	es	e	imos	ís	en

比如：

amar	amo	amas	ama	amamos	amáis	aman
comer	como	comes	come	comemos	coméis	comen
vivir	vivo	vives	vive	vivimos	vivís	viven

不規則的動詞需要另外學習。

記住，原形動詞是不能作謂語部分的，只有變位動詞才能作謂語部分。

文化現象：西班牙人的時間觀念

西班牙人的時間觀念並不是很強。一般來說，約好九點的事，他們一般在你心急地等到九點二十分左右之後，才姍姍來遲，而且還沒有覺得自己遲到。

反過來也是這樣。如果有西班牙人請你到他家吃飯，約好了九點，你最好在九點零五分，或者是九點十分到。如果你提前了十分鐘到，他們就會認為你沒有禮貌，因為他們還沒有準備好。

這樣的遲到習慣甚至在拉丁美洲更為誇張。當然隨著國際化的趨勢，這樣的不良習慣有所收斂，但依然存在於西語世界之中。

日常用語的補充
Expresiones cotidianas

- **如果你想問幾點鐘，你可以這樣問：**

  ¿Qué hora es?

- **如果是整點，你可以這樣回答：**

  Ahora es la una. 現在一點。

  Ahora son las（超過一的數字）.

  以下是西班牙語中的 1-15 數字：

1	2	3	4	5
uno, a	dos	tres	cuatro	cinco
6	7	8	9	10
seis	siete	ocho	nueve	diez
11	12	13	14	15
once	doce	trece	catorce	quince

  15 以後都會有規律了。

¿Diga? 喂？

本課涉及語法

1. 鐘點表示法
2. ir 的用法

 會話 1

Amanda ： ¿Diga?

Tomás ： Soy Tomás Sánchez. ¿Está Virginia?

Amanda ： Está en otra línea. ¿Quiere usted dejar un recado?

Tomás ： No, gracias. Voy a llamar otra vez luego.

阿曼達 ： 喂？

托馬斯 ： 我是托馬斯‧桑切斯，比西尼亞在嗎？

阿曼達 ： 她在另一條電話線上。您想留一條口信嗎？

托馬斯 ： 不，謝謝。我等一會再打來。

會話 2

 10-02

Rosa : ¿Sí? ¿De parte de quién?

Nieves : Hola, Rosa. Soy Nieves.

Rosa : Oh, Nieves. ¿Qué tal? ¡Cuánto tiempo sin verte!

Nieves : Muy bien. ¿Estás libre esta tarde?

Rosa : Claro.

Nieves : Entonces, vamos a tomar un café en la cafetería.

Rosa : Buena idea. ¿A qué hora quedamos?

Nieves : A las cinco, ¿vale?

Rosa : Vale. Entonces, hasta luego.

Nieves : Hasta luego.

羅莎 ： 喂，您是誰？

涅維斯 ： 你好，羅莎。我是涅維斯。

羅莎 ： 噢，涅維斯。你好嗎？好久不見。

涅維斯 ： 很好。今天下午你有空嗎？

羅莎 ： 當然。

涅維斯 ： 那麼我們去咖啡廳喝杯咖啡吧。

羅莎 ： 好主意。我們約幾點？

涅維斯 ： 五點好嗎？

羅莎 ： 好的。那麼一會兒見。

涅維斯 ： 一會兒見。

單字

 10-03

Amanda		（名）阿曼達	diga	v.	喂（電話用語）
Tomás		（名）托馬斯	Sánchez		（姓）桑切斯
está	v.	（他、她、您）在	Virginia		（名）比西尼亞
otro, a	adj.	另外的	línea	f.	線(文中)(電話中)
quiere	v.	（他、她、您）想要	dejar	vt.	留下
recado	m.	口信，留言	llamar	vt.	打電話
vez	f.	次	luego	adv.	然後，一會兒
Rosa		（名）羅莎	Nieves		（名）涅維斯
oh	interj.	哦	cuánto	adj.	多少
tiempo	m.	時間	sin	prep.	沒有
vcrte ver＋te		看＋你（原形動詞＋受格代詞）	libre	adj.	空閒
esta	adj.	這個	tarde	f.	下午
claro	adv.	當然	entonces	adv.	那麼
café	m.	咖啡	cafetería	f.	咖啡館
bueno	adj.	好	idea	f.	主意
quedamos	v.	（文中）（我們）約好	cinco	num.	五
vale	interj.	好的	hasta luego		再見

 語法解析

 10-04

1. 鐘點表示法

「現在幾點鐘？」這樣的問題是這樣提出的。

¿Qué hora es?

回答的時候使用動詞 ser。

現在一點。　　　　Ahora es la una.

現在五點。　　　　Ahora son las cinco.

現在四點半。　　　Ahora son las cuatro y media.

現在三點一刻。　　Ahora son las tres y cuarto.

現在七點三刻。　　Ahora son las ocho menos cuarto.

現在早上六點。　　Ahora son las seis de la mañana.

現在下午八點。　　Ahora son las ocho de la tarde.

現在晚上十點。　　Ahora son las diez de la noche.

media 半　cuarto 一刻　menos 缺少　mañana 早上（*f.*）

如果分鐘數不為整點、半點、一刻或三刻，也可以直接用數字連接。

0-100 數字見附錄。

如果要問「幾點做了什麼」，提問方式為：¿A qué hora...? 回答時用介詞 a 表示鐘點。

比如：¿A qué hora tomáis un café?

　　　Tomamos un café a las cinco de la tarde.

2.ir 的用法

ir 是西班牙語中很常用的一個不及物動詞，它的基本意思是「去」。其陳述式現在時變位是不規則的。

yo	voy	nosotros, -as	vamos
tú	vas	vosotros, -as	vais
él/ella/usted	va	ellos/ellas/ustedes	van

用法：

- 可以表示「去一個地方」，後面連接介詞 a。

  比如：Voy a España.

  　　　我去西班牙。

- 可以表示「打算做一件事」，後面連接介詞 a 和原形動詞。

  比如：Vamos a tomar un café.

  　　　我們去喝杯咖啡。

- 可以以上兩種方式連用，即後面連接介詞 a 加上地點，然後再連接介詞 a 和原形動詞。

  比如：Vamos a la casa de María a verla.

  　　　我們去瑪麗婭的家看她。

 課後練習

(一) 寫出下列單字的中文意思

❶ bueno ＿＿＿＿＿＿

❷ café ＿＿＿＿＿＿

❸ cafetería ＿＿＿＿＿＿

❹ cinco ＿＿＿＿＿＿

❺ cuánto ＿＿＿＿＿＿

❻ dejar ＿＿＿＿＿＿

❼ hasta luego ＿＿＿＿＿＿

❽ idea ＿＿＿＿＿＿

❾ libre ＿＿＿＿＿＿

❿ línea ＿＿＿＿＿＿

⓫ llamar ＿＿＿＿＿＿

⓬ luego ＿＿＿＿＿＿

⓭ otro, a ＿＿＿＿＿＿

⓮ recado ＿＿＿＿＿＿

⓯ tarde ＿＿＿＿＿＿

⓰ tiempo ＿＿＿＿＿＿

⓱ vez ＿＿＿＿＿＿

(二) 填空

A: ¿Diga?

B: ＿＿＿＿＿＿ . Soy ＿＿＿＿＿＿ . ¿ ＿＿＿＿＿＿ Susana?

A: _____ en otra _____ .

¿ _____ usted _____ un _____?

B: No, _____ . _____ a esperar _____ .

A: ¿ _____ ? ¿ De _____ de _____ ?

B: _____ , Ema. Soy _____ .

A: Oh, _____ . ¿ _____ estás?

B: Muy _____ .

A: _____ a tomar un _____ en la _____ .

B: _____ , hoy estoy _____ . ¿Vamos _____?

A: ¿Mañana? Vale. ¿A qué hora?

B: A _____ .

A: Vale. Perfecto. Entonces, hasta _____ .

B: ¡Hasta _____ !

㊂ 翻譯

❶ 喂？

_____

❷ 她不在。

_____

❸ 我可以留一個口信嗎？

_____

語法現象：原形動詞的使用

在上一課已經提到了，原形動詞是不可以作句子中謂語部分的，那麼原形動詞在句子中是不是使用呢？回答是：依然使用。

因為原形動詞的本質是動名詞，也就是說在句子中它充當的是名詞成分。在句子中，名詞可以作主格、受格、表語和介詞受格，那麼原形動詞的位置也就是這些。

比如在課文中我們可以看到在介詞 a 後出現了原形動詞，那麼在此就是發揮了介詞受格的作用。

文化現象：西班牙人的酒

西班牙是陽光充足的地方，因此當地的水果特別好，由此也帶動了西班牙的釀酒業。西班牙的葡萄酒很有名，分類也很細緻。最有名的是由拉里奧哈（La Rioja）當地出產、並由其地名命名的葡萄酒拉里奧哈。

在西班牙，特別是年輕人晚上一般都在酒吧度過。一般來說，沿街都是酒吧，年輕人就會由一家喝到另一家，往往會喝到半夜，甚至是通宵，更經常會喝醉。

日常用語的補充
Expresiones cotidianas

- **如果你想問對方去哪裡，你可以這樣問：**

  ¿Adónde vas?

- **如果別人問你去哪裡，你可以用動詞 ir**

  Voy a...

- **如果你想知道對方的年齡，你可以這樣問：**

  ¿Cuántos años tienes?

- **如果別人想知道你的年齡，你可以這樣回答：**

  Tengo XX años.

PARTE **11**

Hace buen tiempo hoy.
今天天氣很好。

本課涉及語法

1. 天氣表示法
2. 形容詞縮尾現象

 會話 1

Susana	：	Hoy hace buen tiempo.
Isabel	：	Sí. ¡Qué día más maravilloso!
Susana	：	Vamos a pasar un día en la playa.
Isabel	：	Está bien.

蘇珊娜	：	今天天氣很好。
伊莎貝爾	：	是的。多麼棒的日子啊！
蘇珊娜	：	我們去沙灘逍遙過一天吧。
伊莎貝爾	：	好的。

會話 2

José ： ¿Qué tiempo hace hoy?

Juan ： No sé.

José ： ¿Qué dice la radio?

Juan ： Hace buen tiempo hoy, pero va a llover esta tarde.

José ： Tenemos que llevar paraguas, ¿no?

Juan ： Exacto.

José ： No me gusta llevar paraguas.

Juan ： Pero, ¡qué remedio! Estamos en verano. Llueve mucho en verano aquí en Taiwán.

何塞 ： 今天天氣怎麼樣？

胡安 ： 我不知道。

何塞 ： 收音機裡怎麼說？

胡安 ： 今天天氣好，但是今天下午要下雨。

何塞 ： 我們得帶傘，不是嗎？

胡安 ： 確實。

何塞 ： 我不喜歡帶傘。

胡安 ： 但是有什麼辦法！我們在夏天。台灣這裡夏天經常下雨。

單字

Susana		（名）蘇珊娜	hace	v.	（文中）表示天氣
buen	adj.	好（bueno 的縮尾形式）	tiempo	m.	天氣
Isabel		（名）伊莎貝爾	más	adv.	更、最
maravilloso	adj.	美好的	pasar	vt.	度過
playa	f.	沙灘	José		（名）何塞
qué	adv.	什麼	Juan		（名）胡安
sé	v.	（我）知道	dice	v.	（他，她，您）說
radio	f.	收音機	va	v.	（他、她、您）去
llover	vi.	下雨	tenemos que	v.	（我們）應該，得
llevar	vt.	帶	paraguas	m.	雨傘
exacto	adj.	確實	remedio	m.	辦法
verano	m.	夏天	llueve	v.	（天）下雨

 語法解析

1. 天氣表示法

西班牙語中，一般使用 hacer 這個動詞表示天氣。比如：

今天天氣好。　　　Hoy hace buen tiempo.

今天天氣不好。　　Hoy hace mal tiempo.

今天出太陽。　　　Hoy hace sol.

今天刮風。　　　　Hoy hace viento.

今天天氣冷。　　　Hoy hace frío.

今天天氣很冷。　Hoy hace mucho frío.

今天天氣熱。　　Hoy hace calor.

今天天氣很熱。　Hoy hace mucho calor.

新詞：mal *adj.*（malo 的縮尾形式）壞　sol *m.* 太陽

viento *m.* 風　frío *m.* 冷氣 *adj.* 冷的　calor *m.* 熱氣，炎熱

如果表示下雨或者下雪，則直接使用動詞。

今天下雨。　　　Hoy llueve.　（動詞原形 llover）

今天下雪。　　　Hoy nieva.　（動詞原形 nevar）

2.形容詞縮尾現象

在本文中，出現了 buen 一詞。這個單字是形容詞 bueno 的縮尾現象。

西班牙語中，有時形容詞也可以放在名詞之前。一部分形容詞放在名詞之前時，在一定的情況下，會失去最後一個音節，這種現象叫縮尾。縮尾雖然涉及的形容詞不多，但是這些形容詞都很常用。

當後面接上陽性單數名詞的時候，有以下形容詞：

	縮尾形式	舉例	不縮尾情形舉例
bueno　好	buen	un buen amigo	una buena amiga
malo　壞	mal	el mal tiempo	la mala cara（臉 *f.*）
primero　第一	primer	el primer día	la primera radio
tercero　第三	tercer	el tercer libro	la tercera semana
alguno　某個	algún	algún español	alguna española
ninguno　（沒有）	ningún	ningún reloj	ninguna línea

　　形容詞 grande。它在名詞前後的意思發生了變化。當它在名詞之後的時候，即之前出現的「大」的意思，而放在名詞之前的時候，即發生了變化，變成了「偉大」的意思。當其在名詞之前，後面所接名詞又是單數的時候，發生了縮尾現象，即改成了 gran 的形式。

　　比如：一本大書　　　un libro grande
　　　　　一本偉大的書　un gran libro
　　　　　一些偉大的書　unos grandes libros

 **課後練習**

(一) 寫出下列單字的中文意思

❶ exacto _____

❷ llevar _____

❸ llover _____

❹ maravilloso _____

❺ más _____

❻ paraguas _____

❼ pasar _____

❽ playa _____

❾ radio _____

❿ remedio _____

⓫ tiempo _____

⓬ verano _____

(二) 填空

A: Hoy _____ buen _____.

B: _____ ¡Qué _____ más _____!

A: Vamos a _____ en _____.

B: Está _____.

A: ¿Qué _____ hace _____?

B: No _____ . ¿Qué _____ la radio?

A: _____ hoy, pero hace _____ tiempo esta _____ .

B: Tenemos _____ llevar _____ , ¿no?

A: _____ .

(三) 翻譯

❶ 今天天氣很好。

_____

❷ 我們去海灘吧。

_____

❸ 好吧，走吧。

_____

語法現象：缺位動詞

類似於「下雨」「下雪」之類的表示大自然現象的動詞，由於幾乎不可能出現「我下雨」，「你們下雪」之類的說法，在動詞變位的時候，就僅僅保留了第三人稱的動詞變位，缺少了其他人稱的變位，這樣的動詞，稱為缺位動詞。

文化現象：西班牙的旅遊

在上一課中，我們提到了西班牙是一個陽光普照的地方，由此帶來了水果的豐收和釀酒業的發達。但也毋庸置疑的是，由於西班牙的陽光充足，而且西班牙處於伊比利亞半島上，海岸線非常長，因此導致西班牙旅遊業非常發達。西班牙的旅遊業自二十世紀五十年代即開始發展，至今已經發展出一套完整成熟的體系。

沙灘是西班牙最重要的旅遊目的地。西班牙世界著名的海灘北有巴塞隆納的「黃金海岸」，東有「巴利阿里群島海灘」，每年到西班牙旅遊的人數甚至可以超過本國人數。西班牙人甚至有「未至海灘即未出門旅遊」之感。

日常用語的補充

Expresiones cotidianas

- 如果你想問天氣怎麼樣，你可以這樣問：

  ¿Qué tiempo hace hoy?

- 如果別人問你天氣怎麼樣，你可以用動詞 **hacer**，使用方法見本課語法。

  Hoy hace...

- 如果你想同意別人的說法，你可以這樣說：

  Estoy de acuerdo.

- 如果你不同意別人的說法，你可以這樣說：

  No estoy de acuerdo.

- 如果你答應別人的請求，你可以說：

  Vale. （西班牙常用）

  Ok. （拉丁美洲常用）

本課涉及語法

1. 直接受格代詞的使用
2. 間接受格代詞的使用

 會話 1

Dependiente	:	¡Hola, señor! ¿En qué puedo servirle?
Enrique	:	Quiero comprar un libro de Cervantes.
Dependiente	:	Aquí lo tiene. ¿Quiere usted más?
Enrique	:	Sí. Quiero un plano de Madrid.
Dependiente	:	Sí.
Enrique	:	¿Cuánto es en total?
Dependiente	:	5 euros.
Enrique	:	¿Lo pago a usted?
Dependiente	:	A la caja, por favor.
Enrique	:	Vale.

售貨員 ：您好，先生。我可以為您做什麼？

恩里克 ： 我想買一本塞萬提斯的書。

售貨員 ： 您要的東西在這裡了。您還要些什麼？

恩里克 ： 是的，我要一張馬德里地圖。

售貨員 ： 好的。

恩里克 ： 一共多少錢？

售貨員 ： 五歐元。

恩里克 ： 我付給您嗎？

售貨員 ： 請到收銀台結帳。

恩里克 ： 好的。

 會話 2

Ema	： Señorita, me gustaría ver esta camisa, por favor.
Dependiente	： Aquí la tiene.
Ema	： Me gusta el color, pero me queda grande.
	¿Tiene usted una más pequeña?
Dependiente	： Sí.
Ema	： Ésta me queda bien. ¿Cuánto vale?
Dependiente	： 80 euros.
Ema	： Es muy cara. ¿Más barata, por favor?
Dependiente	： Perdón, señorita, aquí no se regatea.
Ema	： Vale. ¿Puedo usar la tarjeta de crédito?
Dependiente	： En efectivo, por favor.
Ema	： Vale.

注意：售貨員和顧客之間使用的都是「您」。

～～～～～～～～～～～～～～～～～～～～～～～～～～～～

愛瑪　　：小姐，我想看一下這件襯衫，拜託一下。

售貨員　：您要的東西在這裡了。

愛瑪　　：我喜歡這個顏色，但是有點大。您還有小一點的嗎？

售貨員　：有的。

愛瑪　　：這件很適合我。多少錢？

售貨員　：八十歐元。

愛瑪　　：很貴。便宜一點好嗎？

售貨員　：對不起，小姐，這裡不能討價還價。

愛瑪　　：好吧。我可以用信用卡嗎？

售貨員　：請付現金。

愛瑪　　：好吧。

 單字　　　　　　　　　　　　　　　　　　

dependiente m., f.		售貨員	puedo	v.	（我）可以
servirle servir+le		服務+您 （間接受格）	Enrique		（名）恩里克
quiero	v.	（我）想要	comprar	vt.	買
Cervantes		（姓）塞萬提斯	lo	pron.	他、它（直接受格）
tiene	v.	（他、她、您）有	plano	m.	平面圖，地圖
Madrid		馬德里	vale	v.	（他、她、您、它）價值
en total		一共	euro	m.	歐元

pago	v.	（我）付錢	caja	f.	（文中）收銀台
Ema		（名）愛瑪	señorita	f.	小姐
gustaría	v.	（他、她、您）使喜歡	ver	vt.	看
camisa	f.	襯衫	color	m.	顏色
pero	conj.	但是	queda	v.	（文中）使……合適
grande	adj.	大	una	art.	陰性單數不定冠詞
pequeño	adj.	小	caro	adj.	貴
barato	adj.	便宜	se regatea	v.	討價還價
usar	vt.	使用	tarjeta de crédito	f.	信用卡
en efectivo		現金支付			

 語法解析

1.直接受格代詞的使用

　　西班牙語中，動詞分為及物動詞和不及物動詞。在使用的時候，及物動詞一定要加受詞，不及物動詞一定不能加直接受詞。

　　受詞也分成「人」和「物」兩類。如果受詞是普通名詞，那麼當受詞是物時，直接跟在動詞後面。比如：Tomo un café. 我喝一杯咖啡。

　　如果受詞是人，那麼在受詞之前要加上介詞 a。比如：Voy a ver a mi profesor. 我去看老師。

　　如果一個及物動詞只能跟一個受詞，那麼這個受詞就是直接受詞。

如果直接受詞不是普通名詞，而是代詞，用來代替上文的名詞，那麼就要使用直接受格代詞。

直接受格代詞：

me	nos
te	os
lo/la	los/las

直接受格代詞的位置在變位動詞之前分開寫，原形動詞之後連寫。

比如：Aquí lo tiene.　　你要的東西在這裡。

　　　Voy a verte.　　我去看你。

2.間接受格代詞的使用

如果一個動詞可以跟兩個受詞的，那麼「物」的那個就是直接受詞，如果使用代詞，依然使用的是直接受格代詞；那個作受詞的「人」就是間接受詞，如果使用的是普通名詞，那麼之前的a 依然不能省略，使用代詞的話，使用的就是間接受格代詞。

間接受格代詞：

人稱	單數	複數
第一人稱	me	nos
第二人稱	te	os
第三人稱	le	les

間接受格代詞的位置在變位動詞之前分開寫，原形動詞之後連寫。

比如：Voy a llevarte el paraguas.　　我會給你帶雨傘去。

Te puedo llevar el paraguas.　我可以給你帶雨傘去。

如果直接受詞和間接受詞都是代詞，那麼代詞的順序是：先間接受格再直接受格。

比如：Voy a llevártelo.　　我會給你帶去的。

Te lo puedo llevar.　我可以給你帶去的。

如果直接和間接受詞都為第三人稱，那麼間接受格代詞由 se 代替。

比如：Se lo puedo llevar.　　我可以給他帶去。

Voy a llevárselo.　　我會給他帶去。

課後練習

㈠ 寫出下列單字的中文意思

❶ barato _____

❷ caja _____

❸ camisa _____

❹ caro _____

❺ color _____

❻ comprar _____

❼ dependiente _____

❽ en efectivo _____

❾ en total _____

❿ euro _____

⓫ grande _____

⓬ tarjeta de crédito _____

⓭ Madrid _____

⓮ pequeño _____

⓯ pero _____

⓰ plano _____

⓱ señorita _____

⓲ una _____

⓳ usar _____

⓴ ver _____

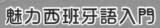

㈡ 填空

Dependiente: ¡ _____ , señor! ¿ _____ qué puedo
_____ ?

A : _____ un _____ de _____ .

Dependiente: Aquí _____ tiene. ¿Quiere _____ más?

A : No, nada _____ . ¿Cuánto _____ ?

Dependiente: _____ euros.

A : ¿_____ pago a usted?

Dependiente: _____ , gracias.

A : _____ .

Dependiente: Adiós.

B : _____ , me _____ esta _____ ,
_____ favor.

Dependiente: Aquí la _____ .

B : Me _____ el _____ , y me queda
_____ . ¿Cuánto es?

Dependiente: 80 _____ .

B : Es _____ cara. ¿Más _____ , por
favor?

Dependiente: _____ , señorita, aquí no _____ regatea.

B : _____ .
¿Puedo _____ con la _____ de crédito?

Dependiente: _____ .

㈢ **翻譯**

❶ 我可以為您做什麼？

_____

❷ 我想要這本書。多少錢？

_____

❸ 5 歐元。

_____

文化現象一：西班牙的貨幣

西班牙
的經濟水準在歐盟的地位並不是很高，在歐盟東擴之前，僅僅排名倒數第三位，僅比希臘和葡萄牙稍好一些。

2002 年起，作為歐盟的成員，西班牙開始使用歐元。之前，西班牙一直使用一種叫「比塞塔」（Peseta）的貨幣。比塞塔於 2002 年 3 月 1 日停止使用，1 歐元相等於 166.386 比塞塔。雖然西班牙比塞塔的消失引起了一些西班牙人的擔憂，但大多數人卻興奮不已：這是西班牙融入歐洲最直接的方式。

文化現象二：塞萬提斯

塞萬提斯是文藝復興時期西班牙小說家、劇作家、詩人，1547 年 9 月 29 日出生，1616 年 4 月 22 日在馬德里逝世。他被譽為是西班牙文學世界裡最偉大的作家。評論家們稱他的小說《堂吉訶德》是文學史上的第一部現代小說，同時也是世界文學的瑰寶之一。

而以其名字命名的塞萬提斯學院，1991 年由西班牙創立，是一家非營利性的公共機關，它既是以推展西班牙語，西班牙國文化的傳播為宗旨的官方機構，也是在世界範圍內保護語言文化遺產的工具。

日常用語的補充
Expresiones cotidianas

- **如果你去商店，你會聽到售貨員這樣說：**

  ¿En qué puedo servirle? 我能為您做什麼？

- **如果你想買東西，你可以說：**

  Quiero...

- **如果你用現金付帳，你可以說：**

  Voy a pagar en efectivo.

- **如果你用信用卡付帳，你可以說：**

  Voy a pagar con tarjeta de crédito.

- **如果你用支票付帳，你可以說：**

  Voy a pagar con cheque.

本課涉及語法

1. 命令式
2. 代詞在命令式中的位置

 會話 1

Camarero	: Buenas noches, señores. ¿Han hecho la reserva?
Raúl	: Sí. La hemos hecho.
Camarero	: Síganme, por favor. ¿Qué quieren comer?
	Aquí tienen el menú.
Roberto	: Nos falta una persona. Queremos esperarlo un momento.

服務生 ： 晚安，先生們。您們預訂了嗎？

勞爾 ： 是的，我們已經預訂了。

服務生 ： 請跟我來。您們想吃些什麼？這是菜單。

羅伯特 ： 我們還缺一個人。我們想等他一下。

會話 2

Rita　　：¡Que aproveche!

Raúl　　：La paella está muy bien, ¿no?　Pásame la sal, por favor.

Roberto ：Camarero, deme otra cuchara, por favor.

Rita　　：¿Quieres más café?

Raúl　　：No, gracias.　No puedo más.

Roberto ：Camarero, la cuenta, por favor.

瑞塔　　：祝你們胃口好！

勞爾　　：這燉飯很不錯，對吧？請你把鹽遞給我。

羅伯特　：服務生，再給我一支湯匙，謝謝。

瑞塔　　：你還想要一點咖啡嗎？

勞爾　　：不，謝謝。我吃不下了。

羅伯特　：服務生，結帳，謝謝。

 單字

camarero, a	m., f.	服務生	noche	f.	晚上
han hecho	v.	（他們、她們、您們）（已經）做			
reserva	f.	預訂	Raúl		（名）勞爾
hemos hecho	v.	（我們）（已經）做			
síganme sigan+me		（請您們）跟著+我			
quieren	v.	（他們、她們、您們）想要			

comer	vt.	吃	menú	m.	菜單
Roberto		（名）羅伯特	nos	pron.	我們（間接受詞）
falta	v.	缺少	persona	f.	人
queremos	v.	（我們）想	esperarlo esperar+lo		等+他
momento	m.	片刻	Rita		（名）瑞塔
¡Que aproveche!		祝你好胃口！	paella	f.	燉飯
pásame pasa +me		（請你）遞給+我			
sal	f.	鹽	deme dé+me		（請你）給+我
cuchara	f.	湯匙、勺子	quieres	v.	（你）想
cuenta	f.	帳單			

 語法解析

1.命令式

在第六課中，我們提到了，動詞可以分很多時態。第七課中，我們提到了，命令式表示的是對別人發布的命令。下面解釋一下命令式的人稱和規則變位。

命令式分兩種：肯定命令式和否定命令式。肯定命令式是請別人做某事，而否定命令式是請別人不要做某事。西班牙語中，否定命令式的變位不是在肯定命令式的基礎上加上否定詞 no，因此需要另外再學。這裡我們命令式指的都是肯定命令式。

無論是肯定命令式還是否定命令式，人稱都只有五個，而不是像其他時態那樣為十個。這五個人稱分別為：tú, usted, nosotros, vosotros, ustedes。

命令式規則動詞變位：

ar	---	a	e	emos	ad	en
er	---	e	a	amos	ed	an
ir	---	e	a	amos	id	an

比如：

amar	---	ama	ame	amemos	amad	amen
comer	---	come	coma	comamos	comed	coman
vivir	---	vive	viva	vivamos	vivid	vivan

2.代詞在命令式中的位置

　　在第十二課中，我們提到了直接受格和間接受格代詞的用法，也提到了直接受格間接受格代詞的位置：這兩種代詞的位置在變位動詞之前分開寫，原形動詞之後連寫。

　　在此提出一個特例：在命令式中，上述兩種代詞的位置在變位動詞之後連寫，並且需保持原變位動詞的重讀音節位置不變。

　　因此，在 síganme（請您們）跟著＋我

　　　　　　pásame（請你）遞給＋我

等相應的位置上，都有重音符號。

 課後練習

(一) 寫出下列單字的中文意思

❶ camarero, a _____

❷ comer _____

❸ cuchara _____

❹ cuenta _____

❺ menú _____

❻ un momento _____

❼ noche _____

❽ persona _____

❾ paella _____

❿ reserva _____

⓫ sal _____

(二) 填空

Camarero: _____ , señorita. ¿Han _____ la reserva?

A ：Sí. _____ hemos _____ .

Camarero: Síganme, _____ favor. ¿Qué _____ comer?

Aquí _____ el menú.

A ：De primero, _____ una ensalada.

A   : ¡Que aproveche!

B   : Gracias, _____ . Pásame _____ , por favor.

A   : _____ , deme _____ , por favor.

B   : ¿Quieres _____ , o más café?

A   : No, gracias. No _____ más. Estoy _____ .

B   : _____ , la _____ , por favor.

㈢ 翻譯

❶ 燉飯很不錯。

_____

❷ 你還要咖啡嗎？

_____

❸ 不，謝謝。我已經飽了。

_____

文化現象：西班牙的燉飯

西班牙的食物也是很有名的。最著名的是燉飯。燉飯一詞已經進入歐洲各大語言，成為西班牙食物的代表。

燉飯是西班牙東部地區的特色食物，因其土地肥沃，出產稻米，又東臨地中海，出產海鮮，由此燉飯就應運而生。

燉飯也用不同的配料，有雞肉、大蝦等多種。

燉飯使用的飯是當地的乾飯，因此對於華人來說對其褒貶不一。有人認為這樣的米飯有特色，也有人覺得這樣的米飯類似鍋粑，不能適應。

語法現象：陳述式現在完成時

在課文中出現了

hemos hecho *v.*（我們）（已經）做；

han hecho *v.*（他們、她們、您們）（已經）做

在西班牙語中，完成時使用得非常普遍，從形式上說，都是由助動詞 haber 的變位加上動詞的過去分詞構成；從意思上說，都表示是在相應未完成時態之前已經完成的動作。

因此，陳述式現在完成時表示的是：相對現在來說已經完成的動作。

比如：hemos hecho 的原形動詞是 hacer（做），表示「我們（對於現在來說）已經做完」。

日常用語的補充
Expresiones cotidianas

- **如果在餐廳裡，你想點餐，你可以說：**

  Quiero...　　　　　我想……

- **如果你要祝在座的好胃口，你可以說：**

  ¡Que aproveche!　　（西班牙常用）

  ¡Buen apetito!　　　（拉丁美洲常用）

- **如果別人向你祝好胃口，你可以道謝，或再加上：**

  Igualmente.　　　　你（您）也一樣。

- **如果你要乾杯，你可以說：**

  ¡A tu salud!　　　　祝你健康！

  ¡Salud!　　　　　　祝健康！

  ¡Chinchin!　　　　　乾杯！

- **如果你已經飽了，你可以說：**

  No puedo más.　　　　　　　我吃不下了。

  Estoy satisfecho/satisfecha.　我滿足了。

  Estoy harto/harta.　　　　　我飽了。

- **如果你要結帳，你可以說：**

  La cuenta, por favor.　　　結帳，麻煩一下。

PARTE
14
En el hospital 在醫院

本課涉及語法

1. gustar 的用法
2. 代詞式動詞變位

 會話 1

Madre ： Hijo, ya es hora de levantarte.

Hijo ： Pero no me siento bien. Me duele la cabeza.

Madre ： Tienes fiebre. Voy a llevarte al hospital.

媽媽 ： 兒子，起床的時間到了。

兒子 ： 但是我不舒服。我頭疼。

媽媽 ： 你發燒了，我送你去醫院。

 會話 2

Médico ： Siéntese y ¿cómo se llama?

Hijo : Jorge.

Médico : ¿Qué tiene usted?

Hijo : Me duele la cabeza.

Médico : Póngase el termómetro. Bueno. No es grave. Es un resfriado. Le voy a recetar unas pastillas. Tome tres, dos veces al día. Guarde cama dos días. Tome más agua.

Hijo : Gracias, doctor.

醫生 ：請坐。您叫什麼名字？

兒子 ：豪爾赫。

醫生 ：您哪裡不舒服？

兒子 ：我頭疼。

醫生 ：量一下體溫。好了。不嚴重。是感冒。我為您開一些藥片。一次三粒，每天兩次。臥床兩天。多喝點水。

兒子 ：謝謝醫生。

 單字

madre	f.	媽媽	hijo, a	m., f.	兒子，女兒
ya	adv.	已經	levantarte	v.	（你）起床（原形動詞）
me siento	v.	（我）覺得	duele	v.	（它）使……疼
cabeza	f.	頭	fiebre	f.	發燒
llevarte llevar + te		帶 + 你	al	contracc.	a + el
hospital	m.	醫院	médico, a	m., f.	醫生

siéntese	v.	（請您）坐下	¿Cómo se llama?		（他、她、您）叫什麼名字？
Jorge		（名）豪爾赫	póngase	v.	（請您）放
termómetro	m.	體溫計	grave	adj.	嚴重
resfriado	m.	感冒	recetar	vt.	開藥
pastilla	f.	藥片	tome	v.	（請您）吃
tres	num.	三	dos	num.	二
al día		每天	guarde cama		臥床（命令式，請您⋯⋯）
agua	f.	水	doctor, ra	m., f.	醫生

 語法解析　

1.gustar 的用法

　　西班牙語中有一部分動詞是使役動詞，也就是說，往往是物作主詞，人作受詞。gustar 就是其中很典型的一個，解釋為「使⋯⋯喜歡」。由於 gustar 是不及物動詞，後面不能跟直接受詞，因此要用間接受格代詞。

　　也就是說：

　　我喜歡... Me gusta(n)....

　　你喜歡 Te gusta(n)....

　　他喜歡 Le gusta(n).....

　　比如：

　　我喜歡這本書。　　Me gusta este libro.

　　他不喜歡這些咖啡廳。　No le gustan estas cafeterías.

類似於 gustar 這樣的使役動詞，還有 quedar、doler 等。

2.反身／連代動詞變位

反身／連代動詞指的是帶有代詞 se 的動詞，代表是第七課日常用語中「你叫什麼名字」中的動詞，原形動詞是 llamarse。

反身／連代動詞在變位的時候，首先變位動詞部分，然後是將 se 進行變位，放到相應的位置。陳述式現在時的代詞位置是變位動詞之前，也就是之前所說直接受格間接受格代詞相同的位置；命令式的代詞的位置是變位動詞之後，與動詞連寫，保持原來變位動詞重讀音節位置不變，也就是之前所說原形動詞所帶代詞的位置，在 nosotros 和 vosotros 兩個位置上，還應去掉 s 和 d。

比如：

起床 levantarse levantar + se

陳述式現在時	me levanto	te levantas	se levanta
命令式	---	levántate	levántese

陳述式現在時	nos levantamos	os levantáis	se levantan
命令式	levantémonos	levantaos	levántense

se 在使用的時候很重要，一般不能省略。

 課後練習

㈠ 寫出下列單字的中文意思

❶ agua _____

❷ al día _____

❸ cabeza _____

❹ doctor _____

❺ dos _____

❻ fiebre _____

❼ grave _____

❽ hijo _____

❾ hospital _____

❿ madre _____

⓫ médico _____

⓬ pastilla _____

⓭ recetar _____

⓮ resfriado _____

⓯ termómetro _____

⓰ tres _____

⓱ ya _____

㈡ 填空

A   : _____ , ¿qué _____ pasa? Ya _____

    hora de _____ . Todavía estás en _____ .

B   : No _____ pasa _____ .

        Sólo me _____ la cabeza.

A   : _____ fiebre. _____ a _____

        al _____ .

Médica: _____ y ¿ _____ se _____ ?

B   : _____ .

Médica: ¿Qué _____ usted?

B   : Me _____ la _____ .

Médica: Es un _____ . Le voy a _____

        unas _____ . _____ tres, _____

        veces _____ día.

B   : Gracias, _____ .

㈢ **翻譯**

❶ 為什麼你不起床？

_____

❷ 我不舒服。我發燒了。

_____

❸ 我送你去醫院吧。

_____

文化現象：西班牙的醫療

西班牙醫療水準很高，相關醫療設備也相當先進。西班牙是高級社會福利制國家，全民享有社會醫療保險，此外還有私人醫療保險公司，保險涵蓋範圍包括就診、住院、開刀、生育等多項，且與之簽約的醫院、診所遍及西班牙全國各地，就醫十分方便。另外，西班牙衛生情況良好，無大範圍流行的傳染病，唯春秋季時偶有流感現象，兩歲以下幼童及 60 歲以上老人須接受防疫注射。

語法現象：介詞和冠詞的縮寫

在課文中出現了 al 一詞，在前幾課出現了 del 一詞，這兩者是西班牙語中唯一兩個介詞和冠詞的縮合形式。

al = a + el   del = de + el

其中 a 和 de 的用法不限。

日常用語的補充
Expresiones cotidianas

- **如果你想關心別人，你可以說：**

  ¿Qué te pasa? 你怎麼了？

- **如果別人關心你，你覺得很好，你可以說：**

  No me pasa nada. Gracias. 我沒事，謝謝。

- **如果你沒有聽懂別人的話，你可以這樣請求重複：**

  ¿Cómo?　　　　　什麼？

  Repite, por favor.　請重複一下。

本課涉及語法

1. 特殊疑問詞的使用
2. 介詞 de

 會話 1

Empleado	:	¡Buenos días, señora! ¿En qué puedo servirle?
Marta	:	¿Puedo abrir una cuenta corriente?
Empleado	:	Por supuesto. Rellene ese formulario, por favor.
Marta	:	Tómelo.
Empleado	:	Espere un momento, por favor.
Marta	:	Gracias.

職員 ： 早安，女士。我可以為您做什麼？

瑪爾達 ： 我可以開一個活期帳戶嗎？

職員 ： 當然。請您填一下表格。

瑪爾達 ： 東西給您。

職員 ： 請等一下。

瑪爾達 ： 謝謝。

 會話 2　　　　　　　　　　　　　　

Empleado ： ¡Buenas tardes!

Llosa ： ¡Buenas tardes! ¿Puedo convertir dólares en euros?

Empleado ： ¿Tiene usted el ticket?

Llosa ： Claro. Aquí lo tiene.

Empleado ： Gracias.

Llosa ： ¿Cuál es la tasa de cambio de hoy, euro con dólar?

Empleado ： La tasa es de 1:1.30.

職員 ： 午安!

約莎 ： 午安。我可以把美金換成歐元嗎？

職員 ： 你有號碼牌嗎？

約莎 ： 當然，您要的東西在這裡。

職員 ： 謝謝。

約莎 ： 今天歐元對美金的匯率是多少？

職員 ： 匯率是 1：1.30。

 單字

empleado, a	*m., f.*	職員	Marta		（名）瑪爾達
abrir	*vt.*	打開	cuenta corriente	*f.*	活期存款
Por supuesto		當然	rellene	*v.*	（請您）填
ese	*adj.*	那	formulario	*m.*	表格
tómelo tome + lo		（請您）拿好＋它	espere	*v.*	（請您）等
Llosa		（姓）約莎	convertir	*vt.*	換
dólar	*m.*	美金	ticket	*m.*	號碼牌
cuál	*pron.*	哪一個	tasa de cambio	*f.*	匯率
con	*prep.*	和			

 語法解析

1.特殊疑問詞的使用

到現在為止，已經出現了不少特殊疑問詞，現在總結一下用法。

特殊疑問詞一共 8 個。

quién	誰	qué	什麼	cómo	怎麼樣	cuánto	多少
cuándo	什麼時候	dónde	哪裡	cuál	哪一個	por qué	為什麼

其中，quién（誰）和 cuál（哪一個），當提問複數的時候，即「誰（們）」，「哪一些」的話，就要改成複數：quiénes，cuáles。

cuánto（多少）具有形容詞性質，因此如果後面要加名詞的

話，需要和名詞性數一致。

比如：

cuánto tiempo　　多少時間

cuánta gente　　多少人

cuántos libros　　多少書

cuántas horas　　多少小時

當組成特殊疑問句的時候，除了 por qué（為什麼）之外，其他均需要在特殊疑問詞後緊接謂語部分，然後才是主詞部分。

比如：

你是誰？¿Quién eres tú? 而不是 ¿Quién tú eres?

文中：¿Cuál es la tasa de cambio de hoy, euro con dólar?

這裡 cuál 的用法屬於固定搭配。

2.介詞 de

de 也是西班牙語中很常見的介詞。它主要有以下幾個解釋：

❶表示所屬

　比如：

　　　瑪爾達的父親 el padre de Marta

❷表示來源

　比如：

　　　我來自台南。Soy de Tainán.

❸表示修飾

　比如：

　　　教室 sala de clase

當 de 後面出現定冠詞 el 的時候，要縮寫成 del 的形式。

 課後練習

(一) 寫出下列單字的中文意思

❶ abrir _____

❷ convertir _____

❸ cuál _____

❹ cuenta corriente _____

❺ empleado, a _____

❻ ese _____

❼ formulario _____

❽ Por supuesto _____

❾ tasa de cambio _____

❿ ticket _____

⓫ dólar _____

(二) 填空

Empleado: ¡Buenas _____ , _____ !

¿ _____ qué puedo _____ ?

A   : ¿Puedo _____ una _____ corriente?

Empleado: _____ supuesto. _____ ese formulario,

por _____ .

A   : _____ .

Empleado: _____ un _____ , por favor.

A   : _____ .

Empleado: ¡Buenos _____ !

B   : ¡Buenos _____ ! ¿Puedo _____ dólares
en _____ ?

Empleado: ¿Tiene _____ el _____ ?

B   : Perdón. _____ lo _____ .

Empleado: _____ . Si usted no _____ el ticket,
no _____ convertir _____ .

B   : ¡_____ pena!

㈢ 翻譯

❶ 我能開一個帳戶嗎？

_____

❷ 請填表。

_____

❸ 給您。

_____

文化現象一：西班牙的營業時間

西班牙

人的作息時間較為獨特。一般商店的基本營業時間周一至周六 10：00－13：30，17：00－21：00 大型百貨商場和超級市場中午一般不休息，而且晚上打烊的時間也較晚。商店每年至少有 8 個星期天或節假日休業，具體由各自治區自行規定。星期天和節假日大部分商店均不營業，只有聖誕節前或打折等特殊日子才會開門營業。

而在銀行方面，西班牙全國各大銀行均可兌換外幣，營業時間一般為周一至周五上午 9 點至下午 2 點。

文化現象二：主要拉丁美洲國家貨幣

墨西哥	墨西哥比索	Mex. $	MXP	1MXP=100 centavos（分）
瓜地馬拉	格查爾	Q	GTQ	1GTQ=100 centavos（分）
薩爾瓦多	薩爾瓦多科朗	¢	SVC	1SVC=100 centavos（分）
宏都拉斯	倫皮拉	L.	HNL	1HNL=100 centavos（分）
尼加拉瓜	科多巴	CS	NIC	1NIC=100 centavos（分）
哥斯大黎加	哥斯大黎加科朗	¢	CRC	1CRC=100 centavos（分）
巴拿馬	巴拿馬巴波亞	B.	PAB	1PAB=100 centésimos（分）
古巴	古巴比索	Cu. Pes.	CUP	1CUP=100 centavos（分）
多明尼加	多明尼加比索	R.D. $	DOP	1DOP=100 centavos（分）
哥倫比亞	哥倫比亞比索	Col $	COP	1COP=100 centavos（分）

委內瑞拉	博利瓦	B	VEB	1VEB=100 céntimos（分）
秘魯	新索爾	S/.	PES	1PES=100 centavos（分）
厄瓜多爾	蘇克雷	S/.	ECS	1ECS=100 centavos（分）
巴西	新克魯賽羅	Gr. $	BRC	1BRC=100 centavos（分）
玻利維亞	玻利維亞比索	Bol. P.	BOP	1BOP=100 centavos（分）
智利	智利比索	P.	CLP	1CLP=100 centésimos（分）
阿根廷	阿根廷比索	Arg. P.	ARP	1ARP=100 centavos（分）
巴拉圭	巴拉圭瓜拉尼	Guars.	PYG	1PYG=100 céntimos（分）
烏拉圭	烏拉圭新比索	N, $	UYP	1UYP=100 centésimos（分）

日常用語的補充

Expresiones cotidianas

- 如果你想說當然，你可以有以下的表達模式：

  Claro.

  Claro que sí.

  Por supuesto.

  Desde luego.

  Cómo no.

- 如果你想說當然不是，你可以說：

  Claro que no.

PARTE 16

En el aeropuerto 在機場

本課涉及語法

1. 反身／連代被動
2. todo 的用法

 會話 1

Blanca	: Perdón. ¿Se facturan las maletas aquí?
Azafata	: Muéstreme su billete, por favor.
Blanca	: Aquí lo tiene.
Azafata	: Sí. ¿Cuántas piezas tiene usted?
Blanca	: Tres. Todo está aquí.
Azafata	: Póngalas aquí. Puede facturar 20 kilos.
Blanca	: De acuerdo.
Azafata	: ¿Directamente a Bilbao?
Blanca	: Sí.
Azafata	: Aquí tiene el ticket de factura y la tarjeta de embarque. La Salida Internacional está allí.
Blanca	: Gracias. Adiós.

布蘭卡　　：對不起，在這裡託運行李嗎？

空中小姐　：請出示機票，謝謝。

布蘭卡　　：您要的東西在這裡。

空中小姐　：是的。您有幾件？

布蘭卡　　：三件。都在這裡了。

空中小姐　：請放在這裡。您可以託運 20 公斤。

布蘭卡　　：好的。

空中小姐　：直接到畢爾包嗎？

布蘭卡　　：是的。

空中小姐　：這是託運單和登機證。國際入口在那裡。

布蘭卡　　：謝謝，再見。

 會話 2　　　　　　　　　　　　

Azafata　：Perdón, hay que revisar su maleta.

Pedro　　：Ah, ¿sí?

Azafata　：Este juguete es magnético y no se puede llevar al avión.

Pedro　　：Vale. Voy a dejarlo aquí.

空中小姐　：對不起，要檢查您的行李。

佩德羅　　：啊，是嗎？

空中小姐　：這個玩具是磁性的，不能帶到飛機上去。

佩德羅　　：好的。我把它留在這裡。

單字

Blanca		（名）布蘭卡	Se facturan	v.	（被）託運
maleta	f.	行李	azafata	f.	空中小姐
muéstreme muestre + me		（請您）展示＋我	billete	m.	票
pieza	f.	件	todo	pron.	所有
póngalas ponga+las		（請您）放＋它們（指上文行李）	facturar	vt.	託運
kilo	m.	公斤	De acuerdo.		知道了
directamente	adv.	直接	Bilbao		畢爾包
factura	f.	託運，貨單	tarjeta de embarque	f.	登機證
Salida Internacional	f.	國際出口	allí	adv.	那裡
adiós	interj.	再見	hay que	v.	應該
revisar	vt.	檢查	Pedro		（名）佩德羅
juguete	m.	玩具	magnético	adj.	磁性的
se puede	v.	（被）可以	avión	m.	飛機
dejarlo dejar+lo		留下＋它（指上文玩具）			

 語法解析

1.反身／連代被動

西班牙語中有兩種模式表示被動，其中反身／連代被動由於歧義少而被使用得更多。

一般使用反身／連代被動的時候是「物」作主詞，有時第三人稱的「人」作主詞也可以，但是第一第二人稱作主詞，都不可以使用反身／連代被動。

反身／連代被動的形式是：se 加上第三人稱變位動詞（變位動詞需和主詞人稱保持一致）。

比如文中：

Se facturan las maletas aquí. 就是典型的用法。

2. todo 的用法

todo 有兩個詞性，而且有單複數之分，意思分別不同。

todo 可以作代詞。單數 todo 表示所有的東西，複數 todos 表示所有的人。

比如：

Todo está aquí.　　　東西都在這裡了。

Todos están aquí.　　人都到齊了。

todo 也可以作形容詞。

表達形式是：todo 定冠詞 名詞 這三者都要性數一致。

當名詞是單數的時候，todo 是「整個」的意思；當名詞是複數的時候，todos 是「所有」的意思。

比如：

todo el día　　　　　整天

todos los días　　　　每天

 **課後練習**

(一) 寫出下列單字的中文意思

❶ adiós ＿＿＿＿＿＿

❷ allí ＿＿＿＿＿＿

❸ avión ＿＿＿＿＿＿

❹ azafata ＿＿＿＿＿＿

❺ billete ＿＿＿＿＿＿

❻ directamente ＿＿＿＿＿＿

❼ factura ＿＿＿＿＿＿

❽ facturar ＿＿＿＿＿＿

❾ hay que ＿＿＿＿＿＿

❿ juguete ＿＿＿＿＿＿

⓫ kilo ＿＿＿＿＿＿

⓬ magnético ＿＿＿＿＿＿

⓭ maleta ＿＿＿＿＿＿

⓮ pieza ＿＿＿＿＿＿

⓯ revisar ＿＿＿＿＿＿

⓰ Salida Internacional ＿＿＿＿＿＿

⓱ tarjeta de embarque ＿＿＿＿＿＿

⓲ todo ＿＿＿＿＿＿

(二) 填空

A　　　: _____ . ¿Se _____ las maletas _____ ?

Azafata: _____ su _____ , por favor.

A　　　: Aquí _____ tiene.

Azafata: _____ . El vuelo IB 302 está _____ .

A　　　: _____ .

Azafata: Perdón, _____ que _____ su maleta.

B　　　: _____ , ¿sí?

Azafata: Este _____ es _____

　　　　 y no se _____ llevar _____ .

B　　　: Vale. _____ a _____ aquí.

Azafata: _____ tiene el _____ de factura y la tarjeta

　　　　 de _____ . La Salida _____ está _____ .

B　　　: _____ . Adiós.

(三) 翻譯

❶ 這裡託運行李嗎？

　_____

❷ 是的。把行李放在這裡。

　_____

❸ 這是登機證。

　_____

課後小知識
Después de la escuela. Consejos

文化現象一：西班牙的馬德里巴拉哈斯機場

馬德里巴拉哈斯機場（Aeropuerto de Madrid-Barajas）是西班牙首都馬德里的主要國際機場，位於馬德里市中心東北 12 公里處。巴拉哈斯機場於 1928 年開始運作，但直到 1931 年才正式營運，現在由 Aeropuertos Españoles y Navegación Aérea（AENA）經營。在 2006 年重新開幕後，此機場成為國內最大的出入境機場，同時也是伊比利半島和南歐最大的機場。目前，馬德里機場擁有 4 座候機大廳，在未來 10 年內，馬德里機場可能成為歐洲四大機場之一。現在 2006 年乘客超過 4500 萬人次，在歐洲排名第 4，在世界排第 13 位。

文化現象二：哪些東西可以帶入西班牙

根據歐盟委員會要求，遊客不能將動物食品（肉類、肉製品、奶類、奶製品）置入行李帶入西班牙境內。唯一例外的有包裝的嬰兒奶粉。其他食品可以帶入西班牙，但重量不得超過 1 公斤。

遊客在進入西班牙時可以攜帶個人和家庭生活用品或者禮品，只要這些物品的數量和性質不被認為有銷售目的。這些物品將在遊客過海關時進行檢查。

攜帶現金數量超過 6010.12 歐元需要申報。現在允許 18 歲以上成年人攜帶 200 支香煙，或者 50 支雪茄或 250 公克煙絲。酒水方面，可以攜帶一公升酒精度數在 22 度以上的飲料和兩公升低於這個度數的飲料。攜帶香水不超過 50 公克，攜帶化妝水不超過 0.25 公升。

日常用語的補充
Expresiones cotidianas

- **如果你想表白，你可以說：**

Te amo.　　　　（感情很深的夫妻之間）

Te quiero.　　　（一見鐘情的時候）

Me gustas.　　　（任何有喜愛感覺的人之間）

附錄

Apêndice

附錄一　練習參考答案

第五課

㈠ 寫出下列單字的中文意思

bien	好
Hola	你好
muy	很
señor	先生
también	也
tú	你
y	和
yo	我

㈡ 填空

A: ¡Hola!

B: ¡Hola!

A: ¿Cómo estás?

B: Bien. ¿Y tú?

A: Bien. Encantado.

B: Encantado.

A: Hasta luego.

B: Hasta luego.

(三) 翻譯

  1. 你好！   ¡Hola!

  2. 見到你很高興。   Encantado.

  3. 你好嗎？   ¿Cómo estás?

第六課

(一) 寫出下列單字的中文意思

aquella	那個
amiga	（女）朋友
español	西班牙人
ésta	這個
intérprete	翻譯（口譯員）
mi	我的
quién	誰
secretario	秘書
señora	女士
su	他、她、您的

(二) 默寫下列動詞陳述式現在時的變位

ser：soy eres es somos sois son

(三) 填空

A: Perdón, ¿quién es aquella señora?

B: Es mi secretaria, María. Es española.

A: Gracias.

B: De nada.

A: ¡Hola! Soy Alberto, su intérprete.

B: ¡Hola! Encantado. Esta es mi secretaria, Cecilia.

A: Encantado.

C: Encantada.

㈣ **翻譯**

1.對不起，這位女士是誰？Perdón, ¿quién es esta señora?

2.她是我的秘書。Es mi secretaria.

3.我是您的翻譯。Soy su intérprete.

第七課

㈠ 寫出下列單字的中文意思

a la izquierda 在左邊

allá   那裡

autobús   公車

bajar   下車

baño   廁所

cerca   附近

dónde   哪裡

lejos   遠

museo   博物館

parada	車站
segundo	第二
servicio	廁所
teléfono	電話
tomar	乘坐
usted	您

㈡ 默寫下列動詞陳述式現在式的變位

estar：estoy estás está estamos estáis están

㈢ 填空

A: Perdón, ¿dónde está el museo?

B: Está allá. Está cerca. Puede tomar un autobús.

A: Muchas gracias.

B: De nada.

A: Perdón, ¿dónde está el servicio?

B: Perdón. Repite, por favor.

A: ¿Dónde está el baño?

B: Perdón, no sé tampoco. （我也不知道）。

A: No se preocupe. （別擔心）

㈣ 翻譯

1.對不起，廁所在哪裡？Perdón, ¿dónde está el baño?

2.在那裡，很近。Está allá. Está cerca.

3.非常感謝。Muchas gracias.

第八課
(一) 寫出下列單字的中文意思

aquí	這裡
bienvenido	歡迎
bonito	美麗的
casa	家
cómo	怎麼樣
cumpleaños	生日
estante	書架
estudio	書房
feliz	幸福的
flor	花
grande	大
leer	看書
libro	書
limpio	乾淨的
lleno	滿的
mucho	許多
nuevo	新的
para	為了
porque	因為
qué	什麼
regalo	禮物

(二) 填空

A: ¡Buenos días, Carmen! ¡Bienvenida a mi casa!

B: Gracias. ¡Qué grande es tu casa!

A: Aquí estás en mi casa. Es mi casa nueva. Estamos en mi dormitorio.

B: Tu cama es muy grande. Y la flor es bonita.

A: Gracias.

A: ¡Hola, Carmen! ¿Qué tal?

B: Muy bien. ¿Y tú?

A: Bien. Hoy es mi cumpleaños.

B: ¿Sí? ¡Feliz cumpleaños!

A: Gracias.

(三) 翻譯

1. 生日快樂!　　　 ¡Feliz cumpleaños!
2. 這是給你的禮物.　Aquí tienes el regalo.
3. 真漂亮! 謝謝。　¡Qué bonito! Gracias.

第九課

(一) 寫出下列單字的中文意思

ahora　　現在

casa　　房子

día　　天

enfermo 生病的

fin 末尾

hacer 做

hora 小時

hoy 今天

llegar 到達

mal 壞

no 不

nueve 九

ocho 八

parte 地方

profesor 老師

reloj 鐘錶

semana 星期

tarde 晚

tren 火車

ver 看

viernes 星期五

㈡ 填空

A: Hola, Yolanda, ¿qué día es hoy?

B: Hoy es viernes.

A: Ah, sí, gracias ¿Qué vas a hacer esta tarde?

B: Voy a la casa de Daniel. Hoy es su cumpleaños.

A: Ah, ¿sí? Feliz cumpleaños.

A: Perdón, ¿qué hora es ahora? Mi reloj anda mal.

B: Ahora son las cinco.

A: Gracias. Ya es hora de ir a casa. Hasta mañana.

B: Hasta mañana.

㈢ 翻譯

1. 今天星期三。　　Hoy es miércoles.

2. 現在十二點了。　　Ahora son las doce.

3. 我哪裡也不去。　　No voy a ninguna parte.

第十課

㈠ 寫出下列單字的中文意思

bueno	好
café	咖啡
cafetería	咖啡廳
cinco	五
cuánto	多少
dejar	留
hasta luego	再見
idea	主意
libre	空閒
línea	線

llamar	打電話
luego	然後
otro, a	另一個
recado	口信，留言
tarde	下午
tiempo	時間
vez	次

(二) 填空

A: ¿Diga?

B: Hola. Soy Tomás. ¿Está Susana?

A: Está en otra línea. ¿Quiere usted dejar un recado?

B: No, gracias. Voy a esperar un momento.

A: ¿Diga? ¿De parte de quién?

B: Hola, Ema. Soy Rosa.

A: Oh, Rosa. ¿Cómo estás?

B: Muy bien.

A: Vamos a tomar un café en la cafetería.

B: Perdón, hoy estoy ocupada. ¿Vamos mañana?

A: ¿Mañana? Vale. ¿A qué hora?

B: A las ocho.

A: Vale. Perfecto. Entonces, hasta mañana.

B: ¡Hasta mañana!

㈢ **翻譯**

1. 喂？ ¿Diga?

2. 她不在。 No está.

3. 我可以留一個口信嗎？ ¿Puedo dejar un recado?

第十一課

㈠ **寫出下列單字的中文意思**

exacto	的確
llevar	帶
llover	下雨
maravilloso	美好的
más	更
paraguas	雨傘
pasar	過
playa	海灘
radio	收音機
remedio	辦法
tiempo	天氣
verano	夏天

㈡ **填空**

A: Hoy hace buen tiempo.

B: Sí. ¡Qué día más maravilloso!

A: Vamos a pasar un día en la playa.

B: Está bien.

A: ¿Qué tiempo hace hoy?

B: No sé. ¿Qué dice la radio?

A: Llueve hoy, pero hace buen tiempo esta tarde.

B: Tenemos que llevar paraguas, ¿no?

A: Sí.

㈢ 翻譯

1. 今天天氣很好。 Hoy hace buen tiempo.

2. 我們去海灘吧。 Vamos a la playa.

3. 好吧，走吧。 Ok, vamos.

第十二課

㈠ 寫出下列單字的中文意思

barato	便宜
caja	收銀台
camisa	襯衫
caro	貴
color	顏色
comprar	買
dependiente	售貨員
en efectivo	現金支付
en total	一共

euro	歐元
grande	大
tarjeta de crédito	信用卡
Madrid	馬德里
pequeño	小
pero	但是
plano	地圖，市街圖
señorita	小姐
una	一
usar	使用
ver	看

(二) 填空

Dependiente: ¡Hola, señor! ¿En qué puedo servirle?

A   : Muéstreme un libro de Cervantes.

Dependiente: Aquí lo tiene. ¿Quiere algo más?

A   : No, nada más. ¿Cuánto es?

Dependiente: Ocho euros.

A   : ¿Lo pago a usted?

Dependiente: Sí, gracias.

A   : Adiós.

Dependiente: Adiós.

B   : Señorita, me gustaría ver esta camisa, por favor.

Dependiente: Aquí la tiene.

B　　　　　: Me gusta el color, y me queda bien. ¿Cuánto es?

Dependiente: 80 euros.

B　　　　　: Es muy cara. ¿Más barata, por favor?

Dependiente: Perdón, señorita, aquí no se regatea.

B　　　　　: Vale. ¿Puedo pagar con la tarjeta de crédito?

Dependiente: Claro.

㈢ 翻譯

1. 我可以為您做什麼？　　　¿En qué puedo servirle?

2. 我想要這本書。多少錢？　Quiero este libro. ¿Cuánto es?

3. 5 歐元。　　　　　　　　Cinco euros.

第十三課

㈠ 寫出下列單字的中文意思

camarero, a	服務生
comer	吃
cuchara	湯匙，勺子
cuenta	帳單
menú	菜單
un momento	一會兒
noche	晚上
persona	人
paella	燉飯
reserva	預訂
sal	鹽

(二) 填空

Camarero: Buenas noches, señorita. ¿Han hecho la reserva?

A　　　: Sí. La hemos hecho.

Camarero: Síganme, por favor. ¿Qué quiere comer? Aquí tiene el menú.

A　　　: De primero, quiero una ensalada.

A　　　: ¡Que aproveche!

B　　　: Gracias, igualmente. Pásame la sal, por favor.

A　　　: Perdón, deme otra cuchara, por favor.

B　　　: ¿Quieres algo más, o más café?

A　　　: No, gracias. No puedo más. Estoy satisfecho.

B　　　: Camarero, la cuenta, por favor.

(三) 翻譯

1. 燉飯很不錯。　　　　　La paella está bien.

2. 你還要咖啡嗎？　　　　¿Quieres más café?

3. 不，謝謝。我已經飽了。　No, gracias. Estoy harto.

第十四課

(一) 寫出下列單字的中文意思

agua　　　　水

al día　　　每天

cabeza　　　頭

doctor	醫生
dos	二
fiebre	發燒
grave	嚴重
hijo	兒子
hospital	醫院
madre	媽媽
médico	醫生
pastilla	藥片
recetar	處方
resfriado	感冒
termómetro	體溫計
tres	三
ya	已經

㈡ 填空

A : Hijo, ¿qué te pasa? Ya es hora de levantarte. Todavía estás en cama.

B : No me pasa nada. Sólo me duele la cabeza.

A : Tienes fiebre. Voy a llevarte al hospital.

Médica: Siéntese y ¿cómo se llama?

B : José.

Médica: ¿Qué tiene usted?

B : Me duele la cabeza.

Médica: Es un resfriado. Le voy a recetar unas pastillas. Tome
                tres, tres veces al día.

B   : Gracias, doctora.

㈢ 翻譯

1. 為什麼你不起床？　　　¿Por qué no te levantas?
2. 我不舒服。我發燒了。　No estoy bien. Tengo fiebre.
3. 我送你去醫院吧。　　　Voy a llevarte al hospital.

第十五課

㈠ 寫出下列單字的中文意思

abrir	打開
convertir	換
cuál	哪個
cuenta corriente	活期帳戶
empleado, a	職員
ese	那個
formulario	表格
Por supuesto	當然
tasa de cambio	匯率
ticket	號碼牌
dólar	美金

㈡ **填空**

Empleado: ¡Buenas tardes, señora! ¿En qué puedo servirle?

A　　　　: ¿Puedo abrir una cuenta corriente?

Empleado: Por supuesto. Rellene ese formulario, por favor.

A　　　　: Tómelo.

Empleado: Espere un momento, por favor.

A　　　　: Vale.

Empleado: ¡Buenos días!

B　　　　: ¡Buenos días! ¿Puedo convertir dólares en euros?

Empleado: ¿Tiene usted el ticket?

B　　　　: Perdón. No lo tengo.

Empleado: Perdón. Si usted no tiene el ticket, no puede convertir

　　　　　dinero.

B　　　　: ¡Qué pena!

㈢ **翻譯**

1.我能開一個帳戶嗎？　¿Puedo abrir una cuenta?

2.請填表。　　　　　　Rellene el formulario.

3.給您。　　　　　　　Tómelo.

第十六課

㈠ **寫出下列單字的中文意思**

adiós　　　　　　　再見

allí	那裡
avión	飛機
azafata	空中小姐
billete	票
directamente	直接
factura	託運
facturar	託運
hay que	應該
juguete	玩具
kilo	公斤
magnético	磁性的
maleta	行李
pieza	件
revisar	檢查
Salida Internacional	國際出口
tarjeta de embarque	登機證
todo	所有

㈡ 填空

A   : Perdón.　¿Se facturan las maletas aquí?

Azafata: Muéstreme su billete, por favor.

A   : Aquí lo tiene.

Azafata: Perdón.　El vuelo IB 302 está allí.

A   : Gracias.

Azafata: Perdón, hay que revisar su maleta.

B   : Ah, ¿sí?

Azafata: Este juguete es magnético y no se puede llevar al avión.

B   : Vale. Voy a dejarlo aquí.

Azafata: Aquí tiene el ticket de factura y la tarjeta de embarque.

        La Salida Internacional está allí.

B   : Gracias. Adiós.

㈢ **翻譯**

1. 這裡託運行李嗎？　　　　¿Se facturan las maletas aquí?

2. 是的。把行李放在這裡。　Sí. Póngalas aquí.

3. 這是登機證。　　　　　　Aquí tiene la tarjeta de embarque.

附錄二　常見人名

女子：

Alicia	Amanda	Ana	Benita
Berta	Beatriz	Blanca	Carmen
Cecilia	Cristina	Elena	Ema
Emilia	Flora	Felisa	Gloria
Helena	Inés	Isabel	Julia
Juana	Laura	Linda	Lisa

Lola	Lucía	Luisa	María
Marisol	Marta	Mónica	Nieves
Rita	Rosa	Selena	Susana
Teresa	Victoria	Virginia	Yolanda

男子：

Alberto	Alfonso	Alonso	Bernardo
Carlos	David	Daniel	Enrique
Fausto	Felipe	Fernando	Fido
Ismael	Jaime	Jorge	José
Juan	Julio	Lucas	Luis
Marcos	Manolo	Manuel	Mario
Martín	Miguel	Nicolás	Oscar
Paco	Pedro	Raúl	Roberto
Román	Tomás		

附錄三　數詞

0 cero	1 uno	2 dos	3 tres
4 cuatro	5 cinco	6 seis	7 siete
8 ocho	9 nueve	10 diez	11 once
12 doce	13 trece	14 catorce	15 quince
16 dieciséis	17 diecisiete		18 dieciocho
19 diecinueve	20 veinte		21 veintiuno
22 veintidós	23 veintitrés		24 veinticuatro
25 veinticinco	26 veintiséis		27 veintisiete
28 veintiocho	29 veintinueve		30 treinta
40 cuarenta	50 cincuenta		60 sesenta
70 setenta	80 ochenta		90 noventa
100 cien		200 doscientos	
300 trescientos		400 cuatrocientos	
500 quinientos		600 seiscientos	
700 setecientos		800 ochocientos	
900 novecientos		1000 mil	
1.000.000 un millón			

附錄四　總詞彙表

詞彙	課	詞彙	課	詞彙	課
¡Buenos días!	5	¡Chao!	5	¡Hola!	5
¡Que aproveche!	13	¿Cómo se llama?	14	¿Qué tal?	5
a	8	a la izquierda	7	abrir	15
adiós	16	agua	14	ah	9
ahora	9	al	14	al día	14
Alberto	6	allá	7	allí	16
Amanda	10	amigo, a	6	anda	9
aquella	6	aquí	8	autobús	7
avión	16	azafata	16	bajar	7
baño	7	barato	12	bien	5
bienvenido	8	Bilbao	16	billete	16
Blanca	16	bonito	8	buen	11
bueno	10	cabeza	14	café	10
cafetería	10	caja	12	camarero, a	13
camisa	12	Carmen	8	caro	12
casa	8	Cecilia	6	cerca	7
Cervantes	12	cinco	10	claro	10
color	12	comer	13	cómo	8
comprar	12	con	15	convertir	15
cuál	15	cuánto	10	cuchara	13

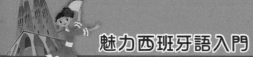
ocho	9	oh	10	otro, a	10
Paco	6	paella	13	pago	12
para	8	parada	7	paraguas	11
parte	9	pásame	13	pasar	11
pastilla	14	Pedro	16	Pepe	5
pequeño	12	Perdón	6	Pérez	5
pero	12	persona	13	piezas	16
plano	12	playa	11	ponerlo	8
póngalas	16	póngase	14	por favor	7
Por supuesto	15	porque	8	profesor	9
puede	7	puedo	12	qué	8
qué	11	queda	12	quedamos	10
queremos	13	quién	6	quiere	10
quieren	13	quieres	13	quiero	12
radio	11	Raúl	13	recado	10
recetar	14	regalo	8	rellene	15
reloj	9	remedio	11	repite	7
reserva	13	resfriado	14	revisar	16
Rita	13	Roberto	13	Rosa	10
sal	13	sale	9	Salida Internacional	16
Sánchez	10	sé	11	Se facturan	16
se puede	16	se regatea	12	secretario, a	6
segundo	7	Selena	9	semana	9

señor	5	señora	6	señorita	12
servicio	7	servirle	12	sí	9
siéntese	14	sígannos	13	sin	10
son	9	soy	6	su	6
Susana	11	también	5	tarde	9
tarde	10	tarjeta de embarque	16	tasa de cambio	15
teléfono	7	tenemos que	11	Teresa	8
termómetro	14	ti	8	ticket	15
tiempo	10	tiempo	11	tiene	12
tienes	8	todo	16	tomar	7
Tomás	10	tome	14	tómelo	15
tren	9	tres	14	tu	8
tú	5	un	8	una	12
usar	12	usted	7	va	11
vale	10	vale	12	vamos	9
vas	9	ver	9	ver	12
verano	11	verte	10	vez	10
viernes	9	Virginia	10	voy	8
y	5	ya	14	yo	5
Yolanda	9				

國家圖書館出版品預行編目(CIP)資料

魅力西班牙語入門 / 許小明/翁建淼 作. -- 初版. --
新北市： 智寬文化,民100.05
面 ； 公分
ISBN 978-986-86763-8-1(平裝)

1. 西班牙語 2. 會話

804.788   100008230

外語學習系列 A002

魅力西班牙語入門
2012年10月 初版第2刷

總策劃	許小明
主編	翁建淼
錄音・校訂	白士清（José Miguel Blanco Pena）・淡江大學西語系副教授
錄音・校訂	李靜枝・國立教育廣播電台西班牙文節目主持人
出版者	智寬文化事業有限公司
地址	新北市235中和區中山路二段409號5樓
E-mail	john620220@hotmail.com
電話	02-77312238・02-82215078
傳真	02-82215075
排版者	菩薩蠻數位文化有限公司
印刷者	彩之坊科技股份有限公司
定價	新台幣300元
郵政劃撥・戶名	50173486・智寬文化事業有限公司